No fim dá certo

fernando Sabino
No fim dá certo

Se não deu, é porque não chegou ao fim

11ª edição

EDITORA RECORD
RIO DE JANEIRO • SÃO PAULO
2020

CIP-BRASIL. CATALOGAÇÃO NA FONTE
SINDICATO NACIONAL DOS EDITORES DE LIVROS, RJ

S121h
11ª ed
Sabino, Fernando, 1923-2004
No fim dá certo / Fernando Sabino – 11ª ed. – Rio de Janeiro: Record, 2020.

ISBN 978-65-5587-116-6

1. Crônicas e contos brasileiros. I. Título.

98-0778

CDD: 869.98
CDU: 869.0(81)-8

Capa: Victor Burton

Proibida a reprodução integral ou parcial em livro ou qualquer outra forma de publicação sem autorização expressa do autor. Reservados todos os direitos de tradução e adaptação.

Copyright © 1960 by Fernando Sabino

Texto revisado segundo o novo Acordo Ortográfico da Língua Portuguesa

EDITORA RECORD LTDA.
Rua Argentina, 171 – 20921-380 – Rio de Janeiro, RJ – Tel.: (21) 2585-2000

Impresso no Brasil

ISBN: 978-65-5587-116-6

Seja um leitor preferencial Record.
Cadastre-se e receba informações sobre nossos lançamentos e nossas promoções.

EDITORA AFILIADA

Atendimento e venda direta ao leitor:
sac@record.com.br

SUMÁRIO

Um Pouco de Doçura / 7
O Papel em Branco / 11
Elas por Elas / 15
O Cacique dos Apaches / 19
Quer Dar-me o Prazer? / 25
Apologia do Coco Verde / 31
Pesadelo Refrigerado / 35
Pérolas de Tradução / 39
É Perigoso Viver / 45
O Tempo das Vacas Gordas / 51
Assalto em Regra / 55
Ária para Assovio / 59
O Manobreiro Avelino / 63
Com Muito Orgulho / 67
De Cair o Queixo / 73
Sob o Manto da Fantasia / 77
Certos Títulos Certos / 81
Silêncio de Ouro / 87
Vaidades do Mundo / 91
As Pequenas Coisas / 97
Poesia e Amizade / 103
O Eterno Principiante / 107
Minha Nova Namorada / 111
Queijo de Minas / 115

Quer Ser Inglês? / 119
Adivinhe o que Ele Faz / 125
Menino de Rua / 129
A Mulher de Meus Sonhos / 133
A Visita do Filho Pródigo / 137
Anúncio de Casa / 141
Cantada em Tom Menor / 145
Seres Humanos Como Eu / 149
Anos Dourados / 153
O Piano no Porão / 159
Ela Lava e Ele Enxuga / 163
Conosco Ninguém Podemos / 169
O Bilhete de Despedida / 173
O Pão Carioca de Cada Dia / 179
A Escada que Leva ao Inferno / 183
Edifício Elizabeth / 191
Desencontro Marcado / 197
A Mulher Perdida / 201
Biscoitos e Pirâmides / 205
Desacato à Autoridade / 209
O Caso da Geladeira / 213
Irremediavelmente Felizes / 217
O Assassinato de Edgar Poe / 221
Em Louvor da Minha Rua / 227
No Fim dá Certo / 233
A Inocência do Menino / 237

UM POUCO DE DOÇURA

UM DIA, JÁ LÁ SE VÃO muitos anos, recebi de São Paulo um misterioso embrulho. Ousei abri-lo, e dei com um pote de vidro contendo o mais fino, delicioso e inefável doce de coco. Quem o enviava era a amiga Maria Amélia, conhecedora de minhas poucas preferências gastronômicas, que se resumem em linguiça frita, pastel e doce de coco.

Maria Amélia, entre seus predicados — que não se restringem a ter sido casada com o Sérgio e ser mãe do Chico — tem esse, só encontrável em famílias de alta estirpe como a dos Buarque de Holanda: a de saber fazer doce de coco.

Autenticando a autoria da sua obra de arte, enviou junto a ela um exemplar da nova edição, então publicada, do excelente "Raízes do Brasil", de seu marido.

Pena que, entre as raízes do Brasil, o autor não se lembrasse de incluir o doce de coco.

Mas *hélas!* — como diria Rimbaud: *par delicatesse j'ai perdu mon dessert*. Me lembro que meus filhos, então ainda crianças, deram cabo do doce, não sobrou uma colherinha para mim. Fiz na época uma referência em crônica a este melancólico desfecho.

Tanto bastou para que vários leitores, compadecidos, me enviassem doce de coco. É verdade que nem todos do legítimo, mas valeu a intenção. Gente fina, os leitores daquele tempo. Não sei se hoje acontecerá o mesmo.

QUANDO FALO EM DOCE de coco, é claro que não me refiro à ordinária contrafação existente por aí, enjoativa paçoca de coco ralado e água com açúcar, que as churrascarias costumam oferecer como sobremesa. Doce desenxabido, este, com felpas de coco pálidas e secas, como se alguém — se me permitem o mau gosto — já o tivesse comido antes, sugando-lhe o que havia de melhor. Falo é em doce de coco, verdadeiro manjar dos deuses, como pouca gente sabe fazer: a calda de suculento amarelo Van Gogh, o açúcar bem dosado, as gemas de ovo em generoso número, a consistência no ponto exato, segundo as leis de secreta ciência transmitida de mães a filhas através dos tempos nas cozinhas brasileiras.

Não sei a que atribuir esta minha tara, eu que, em matéria de doces, não vou muito além da goiabada: se a alguma fixação infantil, ou ao próprio menino que continua a brincar de esconder no sótão do meu juízo — zona imatura de minha geografia interior, que fica além da inocência, já nos limites da debilidade mental.

Ainda outro dia uma jovem e eficiente assessora, que tem entre outros méritos o de não brincar em serviço, ao atender uma chamada telefônica, voltou-se para mim, fone na mão:

— Quais são as cinco coisas de que o senhor gosta mais na vida, pela ordem?

Sem interromper o meu trabalho, fui respondendo distraidamente, enquanto ela, imperturbável, repetia uma por uma as respostas ao telefone:

— Primeiro: doce de coco. Segundo: mulher. Terceiro: pastel. Quarto: linguiça frita. Quinto: pão de queijo... Como? Um momento.

E, baixando o fone, dirigiu-se a mim:

— Ela está querendo saber por que o senhor gosta mais de doce de coco que de mulher.

— Quem está querendo saber? — perguntei, finalmente intrigado: — Que conversa é essa? Ela, quem?

Tratava-se da mãe de um aluno a ajudá-lo num trabalho literário para o colégio.

— Diga que a mulher é o meu doce de coco — respondi, encerrando a conversa.

Isso vem a propósito de quê? — perguntará o leitor a esta altura, com justas razões. Que caradurismo, o desse sujeito, ocupar nosso precioso tempo com semelhante puerilidade. Numa época tão difícil como esta, de séria crise econômica, grave inquietação política e profundas convulsões sociais, como é que ele tem a desfaçatez de vir a público apregoar a sua predileção por doce de coco?

Calma, minha gente, não se exaspere, indignado leitor: aqui darei a parte que lhe cabe neste latifúndio. Não tão doce como o assunto abordado, mas capaz de abrandar a sua justa indignação.

Isto vem a propósito, sim, de uma ideia que me passou pela cabeça, da última vez, já tão distante, que pude saborear o doce da minha predileção: um pouco de doçura não faz mal a ninguém. Todo brasileiro deveria ter o direito não apenas de saciar a sua fome mas também de merecer como sobremesa o seu doce predileto desde menino.

Ideia que pode parecer insensata, mas que é, como para o poeta inglês, daquelas "coisas simples pelas quais os homens morrem".

O PAPEL EM BRANCO

Sentei-me diante desta máquina às oito horas da noite. O relógio acaba de dar dez batidas. Estou olhando para o papel em branco exatamente há duas horas.

É um relógio de parede, desses antigos, o pêndulo a oscilar por detrás da janela de vidro enfeitado com um rendilhado branco. O seu tique-taque nítido e seco me acompanha desde que nasci e as batidas vibráteis que assinalam o tempo dividiram em frações de meia hora o silêncio da mais longínqua noite de minha infância. Pertenceu a meu pai, que por sua vez o recebeu de seu pai, como presente de casamento. Um dia será de meu filho.

Que tem o relógio? Mais uma batida: dez e trinta. Meia hora para escrever uma dúzia de linhas.

O que não deixa de ser uma boa média: hora e meia por página, ao fim de seis horas terei terminado.

Mais meia hora. Agora foram onze batidas, nítidas, isoladas, implacáveis — contei-as uma a uma.

"Escrever é fácil", afirma o escritor americano Gene Fowler, "basta que você se sente e fique olhando para o papel em branco até que o sangue comece a porejar da sua testa."

Com o que este outro, Red Smith, parece concordar plenamente:

"Não há nenhuma dificuldade em escrever. Tudo o que você tem a fazer é sentar-se diante da máquina e abrir uma veia."

E George Simenon, depois de produzir duzentos e tantos romances:

"Escrever não é profissão, e sim uma vocação para a infelicidade."

Em seu último livro, Truman Capote vai mais ou menos nas mesmas águas:

"Quando Deus dá uma vocação, dá também um chicote. E o chicote serve apenas para a autoflagelação. A princípio era divertido. Deixou de ser quando descobri a diferença entre escrever bem e escrever mal. E então fiz uma descoberta ainda mais alarmante: a diferença entre escrever bem e a verdadeira arte. É aí que entra o chicote."

PICASSO AFIRMOU certa vez que, ao ler um livro, sentia que o autor teria preferido pintar a escrever: podia-se avaliar o prazer que lhe vinha ao descrever uma paisagem ou uma pessoa, como se estivesse pintando o que dizia, porque "no fundo do seu coração o escritor preferiria usar pincéis e tintas".

Será verdade? Já me vi pensando da mesma maneira e cheguei a tocar no assunto com Carlos Scliar, invejando-o pela beleza dos elementos visuais de sua criação. Ele me confessou que costuma ficar horas diante da tela imaculada, como eu diante do papel, intrigado com o terrível desafio de seu mistério e sem coragem de enfrentá-lo com uma primeira pincelada. Às vezes é tamanha a sua ansiedade ante a inspiração assim represada, que lhe dá vontade de buscar na cozinha um facão e com ele rasgar violentamente a tela em branco.

Nada daquele deslumbramento de formas e cores: um artesão como outro qualquer, empunhando o mesmo chicote com que o escritor se castiga.

JOHN MARQUAND: "Para escrever, só conto com aquela imaginação aflitiva que nos ocorre pela manhã ao lembrarmos que à tarde temos hora marcada no dentista."

E A MÚSICA? Para quem, como eu, mal se iniciou no computador, a máquina de escrever sempre foi um instrumento feio, pesadão, antiestético, com as suas teclas nervosas, suas cartilagens e tendões de aço, seu ruído desesperado de metralhadora dando tiros de festim contra os nossos demônios. Ao passo que o som macio, suave, envolvente de um violão ou de um piano...
Com uma risada, Tom Jobim desfaz esta minha doce ilusão:
— Não tem nada a ver.
E me conta que às vezes fica o dia inteiro tentando arrancar do piano alguma coisa que não sabe o que seja, escondida atrás da repetição insidiosa, durante horas, de uma mesma tecla... Assim talvez tenha nascido o seu "Samba de Uma Nota Só".
Mais ou menos a mesma coisa me diz Chico Buarque: depois de perseguir ao violão até o desespero uma frase melódica que sabe existir mas não sabe qual seja, abandona o instrumento e vai tomar um banho para refrescar a cabeça. Então, sob o jato d'água, vem-lhe de súbito a inspiração: tem de sair correndo, enxugar-se às pressas... Já pensou seriamente em descobrir uma maneira de levar o violão para debaixo do chuveiro.

FANNY HURST: "Todo escritor digno do nome está sempre entrando em alguma coisa e saindo de outra."

Não entendo exatamente o que ela quer dizer, mas sinto que é verdade.

Perguntaram a Faulkner quantas vezes em geral ele reescrevia um texto.

— Umas trinta, pelo menos.

Já é um consolo, para quem às vezes gasta trinta, quarenta folhas para acabar aproveitando apenas quatro.

Raymond Chandler tinha o seu método próprio:

"O importante é que haja um espaço de tempo, digamos quatro horas por dia pelo menos, durante o qual o escritor profissional não faça nada mais senão escrever. Ele não é obrigado a escrever; se não sentir vontade, não deve tentar. Pode olhar pela janela, plantar uma bananeira, contorcer-se no chão. Só não pode fazer nada de positivo, nem ler, nem escrever cartas, nem folhear revistas, nem preencher cheques. Ou escrever ou nada. É o mesmo princípio com que se impõe ordem numa escola. Se o professor conseguir manter o bom procedimento dos alunos, eles descobrirão alguma coisa para aprender, só para não se entediar. Para mim, funciona. Duas regras simples: a) você não tem que escrever; b) você não pode fazer mais nada. O resto vem por si mesmo."

O RELÓGIO SOANDO novamente: doze pancadas. Sequer ouvi quando bateu onze e trinta. Meia-noite — estou, portanto, há quatro horas diante da máquina. Daqui por diante estarei batendo o récorde de Raymond Chandler.

Podemos começar.

ELAS POR ELAS

ERA UMA VOZ ANGUSTIADA que o chamava da rua, tirando-o do sono. Acendeu a luz, olhou o relógio: uma hora da madrugada.

— Você está sentindo alguma coisa? — a mulher voltou-se na cama, estremunhada.

— Estão me chamando lá na rua. Acho que é o Gil.

Foi até a janela. Era o Gil, lá na calçada, acenando-lhe freneticamente:

— Joga a chave!

Jogou a chave dentro de um maço de cigarros vazio. Depois vestiu o roupão e foi esperar na sala. Em pouco o Gil irrompia no apartamento, esbaforido:

— Entrei numa fria. Pelo amor de Deus, me ajuda a sair dessa.

— Matou alguém? — e o advogado falou nele, já alerta para as atenuantes. Só que não militava no crime, apenas no cível.

— Estou perdido — gemeu o Gil, sem ouvir. — Me arranja pelo menos um troço para beber.

Aceitou um conhaque e contou então a sua história. A mulher tinha ido fazer uma estação de águas em Poços de Caldas e levara as crianças. Aproveitou a folga para dar uma bordejada por aí, repassar um velho caso... Pois naquela noite vinha muito fagueiro em companhia do caso, quando o carro, também velho, ao entrar na Praia de Botafogo, derrapou e bateu em cheio noutro carro. Gritos, confusão, desespero:

— Minha amiga não teve nada, só o susto. Meti a desgraçada num táxi para que se mandasse dali, fosse para o diabo. Só que ela foi vista comigo, vão acabar descobrindo. Eu também não tive nada, a não ser uma pancada no joelho, que posso falar ter sido no futebol de praia. Mas o outro carro! Ficou todo arrebentado. A impressão que eu tenho é que quem estava ali dentro vai ter de ser enterrado com carro e tudo. Como cheguei até aqui, só Deus sabe.

— Calma, que tudo se arranja. Você não devia ter fugido, mas agora não interessa. O jeito é a gente ir ver o que houve.

Avisou à mulher enquanto se arrumava:

— O Gil se meteu numa fria. Sofreu um acidente.

Isso tudo foi combinado, pensava a mulher: esses dois vão é pra farra.

No local do desastre deram com os carros meio destroçados, ao redor um pequeno grupo de curiosos. Nenhum ferido, nenhum cadáver — puderam observar à distância. A menos que já tivessem sido removidos.

— Conheço o delegado deste distrito. Vamos até lá para ajeitar as coisas.

Na delegacia os dois passaram por um senhor que andava de um lado para outro, agitado, enraivecido e descabelado. O delegado informou-lhes que já havia tomado conhecimento do desastre. E olhava o Gil, penalizado:

— Então foi você, é? E a moça, não se machucou?

— Que moça? — Gil gaguejou, trêmulo.

— A que estava com você. Esse homem aí fora é o dono do outro carro. Está uma fera. O carro dele virou farinha. E o pior é que ele é coronel, parece. Daí pra cima. Disse que não sai daqui enquanto não resolver o caso. Como não houve vítimas...

— Não houve vítimas? — Os dois respiraram, aliviados. Embora pairasse no ar, ameaçadora, a patente militar mencionada.

Antes que perguntassem o que estava pretendendo o coronel, este irrompeu na sala:

— Como é, delegado? O senhor não vai fazer nada? Não vai tomar nenhuma providência? — E apontou o advogado: — Quem é esse homem? O carro é dele?

— O carro é aqui do meu amigo — interveio o advogado, conciliador: — Sou o advogado dele. O senhor tenha calma, coronel, não precisa se exaltar que tudo se arranja. Graças a Deus só houve danos materiais.

— Danos materiais? — E o coronel arregalava os olhos, fora de si, como se tivesse ouvido uma expressão cabalística, muito além de sua compreensão.

— Tenha calma, coronel. Com calma tudo se resolve. Talvez a gente possa chegar a um acordo.

— O quê? — balbuciou o coronel, tão transtornado que o outro, precavido, deu um pulo para trás: — Acordo? O senhor falou em acordo?

E respirou fundo, erguendo os braços dramaticamente:

— Acordo! Meu Deus, há duas horas estou esperando ouvir esta palavra bendita!

Tomou o advogado pelo braço com a maior familiaridade e o levou a um canto, para lhe explicar a sua situação. Servia numa unidade em São Paulo. Tivera de vir ao Rio a serviço, apenas por um dia, e fizera crer à mulher que viera de ônibus — ela tinha horror de avião, assim ficaria mais tranquila.

— E vim de carro, porque resolvi trazer uma velha amiga...

O senhor compreende, não? Felizmente ela não sofreu nada. Ninguém sofreu nada, e não se sabe de quem foi a culpa, de modo que um acordo... Se por acaso minha mulher... Meu Deus, o senhor não conhece minha mulher. Faço qualquer acordo! Qualquer acordo!

Como no verso de Bandeira, só faltava o coronel, apoplético, sair gritando: "*je vois des anges! je vois des anges!*" O advogado lhe disse mais uma vez que não precisava se exaltar, estava tudo resolvido:

— O acordo está feito. Uma mão lava a outra.

O coronel deixou escapar sua satisfação num sorriso largo:

— Isso mesmo.

— Fica o dito por não dito — encerrou o outro.

— O dito por não dito. Ou, melhor dizendo — e o coronel piscou um olho: — Elas por elas.

O CACIQUE DOS APACHES

AO PASSAR PELA BANCA de jornais em frente à praça, olho casualmente para a estante giratória dos livros de bolso. Um nome familiar e querido salta aos meus olhos, no título de um deles.

Compro-o logo, para saboreá-lo em casa, página por página, como faria, dose por dose, com o mais raro uísque escocês.

Nada impede, mesmo, que eu faça simultaneamente ambas as coisas, somando um prazer a outro.

Sempre falo neste livro, quando me perguntam sobre influências recebidas e pedem que mencione o escritor de minha especial predileção. Os infelizes que jamais o leram, e sequer ouviram falar no nome do seu autor, olham-me intrigados, porque naturalmente esperariam que eu me referisse a Cervantes, Dostoievski, Machado de Assis. Pois estou certo de que estes e outros mestres, se acaso o houvessem lido, teriam reação semelhante à minha.

Para comprovar, aqui está, na contracapa desta edição em inglês, a opinião de alguns grandes nomes:

Hermann Hesse:

"Sua prosa iluminada e colorida é o mais brilhante exemplo de uma espécie realmente original de ficção — a ficção que satisfaz plenamente os nossos desejos."

Albert Schweitzer:

"O que mais me agrada em sua obra é a corajosa posição em favor da paz e do entendimento mútuo, que inspira praticamente todos os seus livros, os quais nos ensinam, a nós, velhos rufiões, a cultivar a magnanimidade e o perdão. Acho que isto, mais do que tudo, é o que há de imperecível na sua obra."

Albert Einstein:

"Toda a minha adolescência decorreu sob o seu signo. Na verdade, até hoje tem sido o meu consolo em muitos momentos de desespero."

Como se vê, estou em excelente companhia. Não foi por nada que escritores com Sartre, Bertrand Russell, Hemingway, para mencionar apenas alguns, manifestaram em diferentes ocasiões semelhante admiração por esse livro inesquecível.

Entre nós, ainda me lembro do entusiasmo com que Guimarães Rosa, durante um almoço comigo no Restaurante Real, próximo ao antigo mercado, me afirmava haver lido esta "obra-prima" em tradução portuguesa e mais tarde no original em alemão. Acabou confessando que se poderia rastrear sua influência ao longo de "Grande Sertão, Veredas". Realmente, quem conhece ambos os livros não terá dificuldade em identificar mais de um ponto de contacto entre eles, não apenas no desenrolar das aventuras, como na própria relação Riobaldo Tatarana-Diadorim, em face da que existia entre Mão de Ferro e o cacique dos apaches.

Os INICIADOS naturalmente já perceberam que me refiro ao romance "Winnetou" de Karl May. Não sei que misteriosa razão faz com que esteja há tanto tempo ausente das livrarias, mesmo nos Estados Unidos. Talvez haja contribuído para isso o fato de ser o autor um alemão a escrever sobre lugares onde nunca esteve — o que, diga-se de passagem, é um dado a mais em favor de sua prodigiosa criatividade. E são vinte e tantos romances de aventura, ao que me lembre — todos eles de títulos sugestivos: "O Chefe da Quadrilha", "De Bagdá a Istambul", "Pelo Curdistão Bravio" etc. Mas o melhor mesmo é "Winnetou".

A edição brasileira, há muito esgotada, constituía-se de uma coleção da obra completa de Karl May, publicada pela Editora Globo, cujos tomos não podiam ser vendidos em separado. "Winnetou" se compunha de três grossos volumes.

Pois são estes volumes que acabo de retirar de uma prateleira empoeirada da minha estante — quase diria da minha infância. Estou à procura de um poema atribuído a um personagem — um jovem às voltas com a própria loucura. São versos que meu amigo Cláudio Lacombe, outro aficionado de Winnetou e da poesia, acredita serem de Schiller, mencionado por Karl May em outra parte do livro. Não resisto à tentação de transcrevê-los aqui, com todas as exclamações e reticências da magnífica tradução brasileira de Armando Gomes Ferreira:

NOITE PAVOROSA

Conheces tu acaso a noite pavorosa
que com os uivos do vento, tenebrosa
a terra envolve?... E o céu, turvo e profundo
que, como um negro véu, cobre a face do mundo?
Essa noite abismal — furna, onde o Medo mora?...
Mas deita-te e descansa: há de nascer a aurora!...
Conheces tu a noite, essa noite pavorosa,

assassina da vida, hedionda e tenebrosa
Ela, o reino da Morte — alta potestade
— voz por onde esbraveja a voz da Eternidade?
Dorme, porém, tranquilo e de alma descuidada,
porque a noite da Morte há de ser a alvorada!...

Conheces tu a Noite atroz que invade a mente
e apaga a Consciência inexoravelmente?...
Noite escura, sem luz, sem ar, sem calma
— venenosa serpente a enlaçar-nos a alma —
Oh! levanta, e por sobre os teus escombros, chora,
porque essa noite cruel nunca há de ter aurora...

WINNETOU, ALEGRIA de minha infância. Lembro-me que fechei este livro de aventuras e que mais tarde iria reler tantas vezes, e pus-me a escrever ferozmente aventuras iguais. Em breve a imaginação se enroscava e se perdia nos meandros de sua própria criação e me deixava apenas este destino sem aventura de escrever anos afora, domesticando palavras, lembranças e visões. Depois leituras adultas se encarregaram de castigar com bom senso o menino, fazendo-o reconhecer a puerilidade das cenas e o exagero das aventuras, até que ele deixasse de acreditar ter jamais existido um dia o cacique enterrado para sempre na Montanha do Grande Ventre. Transferi-me das margens do Rio Pecos, no Oeste bravio, para o gabinete de investigações da Scotland Yard, em Londres. Entre os 13 e os 15 anos fui o mais arguto dos detetives, terror dos bandidos e herói de mirabolantes aventuras em centenas de capítulos. Logo, porém, cansado da polícia, resolvi tornar-me bandido... Começava a reconhecer a superioridade do ser perseguido ante o seu perseguidor. E bandido fui até que a dúvida nascesse com a barba, desgovernando-me num mundo de incertezas. Ficou-me o vício de escrever e nunca mais me lembrei de Winnetou.

Agora, o livro me volta às mãos por acaso, e tento lê-lo com o gosto que o gosto da literatura corrompeu. Fecho-o no ponto em que um dia o larguei para chorar a morte de Winnetou. Sinto vontade de chorar a morte de um menino.

QUER DAR-ME O PRAZER?

A MENINA DE DEZ ANOS perguntou durante o jantar:
— Você casou virgem, mamãe?

E quando a mãe, embaraçada, desconversou, dizendo que se casou direitinho no civil e no religioso:
— Papo furado.

Esta outra, de 13 anos, me conta que encontrou no Bob's de Ipanema uma amiga em companhia de dois rapazes. Era um sábado e resolveram passar a noite na casa do pai de um deles, em Petrópolis. A casa estava cheia de hóspedes, tiveram de dormir em dois colchonetes na garagem.
— E que aconteceu?
— Dormimos todos juntos, uê.

E acrescenta que, ao acordar, foram tomar banho nus na cachoeira.

Uma professora viúva, de 42 anos, tem uma filha de 18 que vai se casar no sábado que vem.

Ah, sim, penso comigo: quer dizer que ainda existe por aí quem acredita em casamento.

Mas ela me conta que a menina fez um estágio de seis meses antes de se casar.
— Estágio?
— Isso mesmo: morar com o namorado, dormir com ele.
— E deu certo?

— Tanto deu, que eles estão teimando em se casar no sábado que vem.

NAMORO, NOIVADO, casamento: escrevi sobre isso há algum tempo, e mal sabia o caldeirão fumegante que eu estava destampando. De todos os lados recebi sugestões e apelos para voltar ao assunto.

Só tenho a oferecer a experiência do jovem que eu fui — e esta, reconheço que hoje em dia não é lá grande coisa.

Que é que me ensinavam sobre o assunto?

— "Seria bom que o rapaz, advertido pelo pai dos inconvenientes do namoro, deliberasse deixá-lo para o momento oportuno."

— E qual é o momento oportuno?

— "Que o namoro só se dê quando ambos estiverem em condições de se casar."

— Então o jeito seria começar ficando noivo logo de uma vez?

— "É condenável que um estudante, mal começado o curso, esteja noivando, para casar quando se formar."

— Condenável por quê?

— "São perigosas, entre noivos, as intimidades que condenamos entre namorados."

— Mesmo que eles fiquem noivando em casa, com a família?

— "Pensando assim é que tantos têm chegado a tão lamentáveis resultados. Com a família em casa para um lado, e os noivos sozinhos para outro, sempre acaba mal."

Estou dialogando com o Monsenhor Álvaro Negromonte, através de preciosos ensinamentos recolhidos em seu livro

"Educação Sexual". Era o máximo de ousadia sobre sexo, na época de sua publicação. Pela primeira vez vinha a público um respeitável sacerdote para falar em órgãos genitais, procriação, virgindade, continência, ejaculação, entre outros segredos da atividade sexual.

E como éramos ativos! A palavra *continência* soava com uma vaga conotação militar, que nada tinha a ver com a condenação do vício solitário. Pelo contrário: prestávamos continência ao sexo (e nem sempre solitários) no fundo do quintal, no porão, no banheiro, no toalete da escola.

Mas isso eram tempos escolares, em que a simples palavra "coxa", por exemplo, já nos alvoroçava. E sexo era sinônimo de safadeza — como é que o virtuoso monsenhor ousava falar nisso a propósito de namoro e noivado?

Conta ele, a certa altura do seu audacioso livro, que estava um dia em companhia de um velho vigário da paróquia, quando viram passar um casal de jovens de mãos dadas. O vigário observou judiciosamente:

— Olha só. É por aí que eles começam.

O que suscitou na época uma observação não menos judiciosa de Rubem Braga, numa de suas crônicas:

"O velho sacerdote que me perdoe, mas por onde queria que eles começassem?"

Moça que deixasse segurar a mão em público estava, pois, com a reputação comprometida. O que, é claro, não impedia que deixasse em particular. Geralmente na matinê, disfarçadinho, depois que o filme já houvesse começado. Um dedinho, outro dedinho, a mão inteira... e pronto: estavam namorando. Às vezes não passava disso, mas como era excitante! Beijo, só depois de alguns meses: um beijo furtivo, no recuo do portão ou atrás de uma árvore, era a próxima etapa a conquistar, só se pensava nisso. E nesse dia a alma embandeirada decretava para o namoro um feriado nacional.

Ficava nisso? Evidente que não: havia carícias e apalpadelas que levavam os noivos ao paroxismo do desejo, transformando o sofá da sala num verdadeiro campo de batalha. Eram as tais "intimidades", condenadas pelo monsenhor em seu livro.

Retirar o sofá, como na velha anedota, não seria a solução: eram coisas que podiam também ser praticadas de pé. Para isso, as "horas dançantes" nos clubes proporcionavam a mais compensadora das ocasiões.

Quer dar-me o prazer, senhorita? Mal sabiam elas que espécie de prazer estávamos pedindo. A boa técnica recomendava ajeitar antes a calça de maneira a propiciar o melhor contacto possível durante a dança. Convinha também misturar-se aos casais no centro do salão, se a intenção fosse (e sempre era) a de chamar a moça nos peitos. De vez em quando, uma precavida passagem pela periferia, mantendo a distância regulamentar para tranquilizar o olhar vigilante da mãe.

A fim de proteger os noivos contra as tentações, alguém tinha de exercer o papel de uma instituição hoje inconcebível, até no nome meio gaiato pelo qual era designada: o *pau de cabeleira*. O que a um jovem de hoje soaria como fescenino termo de gíria, cuja origem, aliás, desconheço, na realidade era o guardião daqueles que pretendiam juntar seus destinos e corriam o risco de juntar os corpos logo de uma vez, sem esperar o casamento.

Em casa, nas festas, nos passeios ou mesmo na rua, lá estava o casal de noivos acompanhado do pau de cabeleira, que podia ser uma irmã, uma tia, e até mesmo, valha-nos Deus, a futura sogra.

É verdade que, à exceção da sogra, os paus de cabeleira eram passíveis de conivência e até mesmo sensíveis ao suborno, principalmente quando irmãos menores. Mas apenas para conceder-nos a ocasião de uma dissimulada carícia ou, na melhor das hipóteses, um beijo sôfrego e assustadiço na porta da rua, no vão da escada ou no elevador, à hora da despedida.

ERA MINHA INTENÇÃO fazer um paralelo entre as condições do namoro e noivado em meu tempo e as de hoje em dia, depois da grande revolução de costumes que veio a ser a desmistificação do sexo a partir do advento da pílula. Ainda sou do tempo em que se evitavam filhos praticando exclusivamente a chamada "abstenção periódica", abençoada por Deus, e que nem sempre funcionava. A então chamada "camisa de vênus" só era usada para evitar doença venérea, quando se tratava de "mulher da vida". A camisa de força de costumes seculares é que nos era imposta, provocando uma exacerbação da libido capaz de constituir motivo de anedota para os jovens de hoje, na praia, cercados de meninas seminuas. Os conceitos (ou preconceitos) sexuais, que sobrecarregavam de dúvidas e ansiedade a vida amorosa de seus pais, deixaram de existir para eles. Um romance como "Amar, Verbo Intransitivo", de Mário de Andrade, por exemplo, lhes pareceria versar sobre costumes de outro planeta. É a história de um abastado casal paulista que contrata uma governanta alemã para iniciar o filho nas "coisas da vida".

Hoje o garoto é que iniciaria a governanta.

APOLOGIA DO COCO VERDE

— EM MATÉRIA DE BEBIDA, eu ontem aprendi a minha lição — Rubem Braga me afirma gravemente.

E me conta que ontem, ao chegar de Brasília, sendo domingo, achou que alguém apareceria à noite em sua casa, como de costume. Encheu o balde de gelo, preparou os copos e ficou à espera. Como ninguém é de ferro, foi logo tomando o seu uisquezinho enquanto esperava. Tomou três, não apareceu um só amigo.

— Inclusive você — queixa-se ele.

Telefonou para um e outro, não encontrou nenhum em casa.

— Onde é que você se meteu?

— Por aí mesmo — respondo, evasivo. Já não me lembro ao certo onde me meti ontem.

— Pois é — continua ele: — Você por aí na esbórnia e eu em casa bebendo sozinho, o que não é nada recomendável.

Não, não parece estar aí a lição que ele aprendeu, pois prossegue logo no seu relato, contando como a solidão o levou a sair de casa lá pelas onze horas, em busca de companhia. Tomou um táxi e se mandou para o Florentino, onde esperava encontrar algum amigo transviado.

— Em último caso, você — admite.

Não encontrou ninguém. Com exceção de um casal vagamente familiar que o cumprimentou de longe, os demais fregueses do bar eram todos desconhecidos. Domingo tem dessas coisas, só dá amador, concluiu. Sentou-se numa mesa ao canto, pediu um uísque e discretamente, como é de seu feitio, aguardou os acontecimentos.

Não chegou a pedir outro: logo o sono o derrotava. Cotovelos fincados na mesa e queixo apoiado nas mãos cruzadas, olhos fechados como se estivesse apenas pensativo, em pouco estava dormindo sem que ninguém percebesse.

Seria esta a lição aprendida? A prudência que o impedisse de sair tarde da noite depois de uma cansativa viagem a Brasília, para acabar dormindo numa mesa de bar? Não, nada disso, ele próprio me assegura, afirmando que foi bom, estava mesmo exausto e ninguém reparou. Não havia mal algum em tirar uma pestana naquele momento de entressafra em que nada de especial acontecia.

E prossegue seu relato: eram duas horas da manhã quando levantou a cabeça, estremunhado, olhando ao redor com estranheza. Já não havia quase ninguém ali. Chamou o garçom e perguntou onde estava.

— No Florentino — informou o garçom sem vacilar.

— Então me arranje um táxi, por favor — pediu e tornou a dormir.

Desta vez deve ter ido mais fundo no enredo dos sonhos, pois tornou a perguntar onde estava, quando o garçom o acordou dizendo que havia um táxi à sua espera.

— No Florentino — o garçom tornou a informar, imperturbável.

— Você já me disse. Eu pergunto não é onde eu estou neste instante, mas se há um jeito de saber onde é que eu estou hospedado, para informar ao chofer onde vou passar a noite.

Por via das dúvidas, o garçom foi chamar o *maître*:

— O doutor ali está querendo saber onde é que ele vai passar a noite.

O *maître* se aproximou para atendê-lo — freguês já conhecido de longa data:

— O senhor está precisando de alguma coisa, doutor Rubem?

— Gostaria que você me ajudasse a descobrir onde é que eu estou.

— O senhor está no Florentino.

— Eu sei. Já me disseram. Eu pergunto é onde estou hospedado. Onde vou passar a noite.

— Se não me engano, o senhor mora em Ipanema, não é isso mesmo?

— Não digo no Rio — tornou ele, revestido de paciência. — É claro que sei onde eu moro lá no Rio. Eu digo é aqui em Brasília.

— Em Brasília? — o *maître* arregalou os olhos.

— No que cheguei a Brasília, vim direto para o Florentino, nem reparei o nome do hotel onde estou hospedado. Não tenho como dizer ao chofer do táxi.

— O senhor não está no Florentino de Brasília — o outro conseguiu finalmente esclarecer: — O senhor está no Florentino do Rio.

Ele não perdeu tempo em explicações:

— Ah, é? Já voltei? Sendo assim, tanto melhor, fica mais fácil: vou para casa.

Dormiu durante todo o trajeto, mas nem aí está a lição que diz ter aprendido. E muito menos na tal história de ainda estar em Brasília, segundo ele, apenas um sonho idiota.

No que chegou, foi direto para a cama. Mas já então não conseguia dormir. Uma dor de cabeça o atormentava e estava morrendo de sede, a garganta seca, a língua se prendendo no céu da boca. Ergueu-se às tontas, foi até a cozinha. Ia empolgar uma garrafa de água gelada e beber ali mesmo, pelo gargalo, quando deu com um enorme coco verde no interior da geladeira.

Não sabe como conseguiu manobrar o facão de cozinha, cortando talhadas no fruto sem decepar a mão. Sorveu deliciado a água do coco até a última gota e como por milagre sentiu-se em poucos instantes recuperado das consequências de sua solitária libação. Por pouco não tomou um último antes de dormir. E, no melhor bem-estar, dormiu como um anjo o resto da noite, até hoje de manhã.

Como ele parece ter dado por encerrado o seu relato, pergunto-lhe pela tal lição que aprendeu.

Ei-la — e quem tiver ouvidos para ouvir, ouça:

— Foi esta mesmo — informa com a maior seriedade: — Quem bebe não deve deixar de ter sempre um coco verde na geladeira.

PESADELO REFRIGERADO

CHEGOU EM CASA satisfeito e foi logo comunicando à mulher:
— Tenho uma surpresa para você: comprei um aparelho de ar-refrigerado.
— Para quê? — estranhou ela.
— Para quê? Então com um calor miserável desses você ainda pergunta para quê um aparelho de ar refrigerado?

E ele esfregou as mãos, satisfeito:
— Ficaram de entregar amanhã.

Não entregaram. Mais um dia e voltou à loja para reclamar:
— Qual é a de vocês?
— Bem, o senhor compreende...
— Não compreendo nada. Só sei que comprei, paguei na ficha, vocês ficaram de mandar no dia seguinte e até hoje nada.
— Não é só mandar: tem de ir um técnico fazer a instalação. Pode ficar descansado que na segunda-feira, sem falta...

Na quarta-feira, depois de nova reclamação, chegou afinal o aparelho. Só que não era o que ele havia comprado: tratava-se de um modelo menor, mais antiquado.

O vendedor também não era o mesmo:
— Às suas ordens, cavalheiro.
— Às suas ordens uma ova. Não sou cavaleiro nem vim a cavalo. Estou dizendo que comprei um aparelho e me mandaram outro, muito pior.

O gerente foi chamado a se explicar:

— É que não dispúnhamos em estoque do modelo que o senhor queria — explicou, cheio de dedos: — O senhor tinha tanta urgência... Vamos providenciar a troca amanhã mesmo.

Mais dois dias, e nada. O calor continuava insuportável. Com a sedutora perspectiva de dormir em ambiente refrigerado, ele fervia de indignação. Depois de outra investida, ameaçando quebrar a loja inteira, o novo aparelho finalmente chegou.

O técnico que compareceu no dia seguinte se recusou a instalá-lo:

— Esse modelo aí confesso que não entendo.

— Não entende? E ainda confessa? Que diabo de técnico você é?

Telefonou para a loja:

— O palhaço que vocês me mandaram está dizendo que não entende de ar-refrigerado.

Descobriu que bastava ligar na tomada e o aparelho funcionava. Resolveu fazer ele próprio a instalação, com a ajuda de um pedreiro, que abriu um buraco na parede sob a janela do quarto. Vitorioso, convocou a mulher:

— Está refrigerando que é uma beleza. Venha ver só.

— Não vou conseguir dormir com esse barulho no quarto — protestou ela.

Agora que ele realizara o seu sonho, o calor se fora. E a mulher sempre resmungando:

— Não sei que ideia a sua, gastar dinheiro com isso! Está um vento frio desgraçado nas minhas pernas.

— Qualquer mulher é capaz de morrer de alegria se o marido compra para ela um presente desses. Você não: fica aí cheia de fricotes.

— Você não comprou de presente para mim: comprou para você mesmo, que vive reclamando do calor. Eu estou morrendo de frio. Se não desligar, vou dormir na sala.

Ele mandou que ela fosse dormir no inferno, se quisesse: não desligaria.

E assim, desastradamente, a desavença começou a refrigerar as relações do casal. Nenhum dos dois queria ceder:

— Você está é maluco com essa mania, quer que eu apanhe uma pneumonia, me matar de frio.

— Sou maluco mas não sou chato feito você, sua ingrata: me custou um dinheirão lhe dar esse conforto e você nem reconhece.

Acabaram me convocando, a mim, que não tinha nada com isso, para dirimir a questão. Cada um esvaziou o saco de suas queixas:

— Ele me expulsou do quarto.

— Ela é que não quer mais dormir comigo e vem com desculpas.

Ouvi com atenção, ponderei mentalmente, e acabei sugerindo uma solução que me pareceu sensata (não sei por que, em vez de aceitá-la, me puseram para fora): ele continuaria ligando o aparelho de ar-refrigerado; caso não conseguisse aquecê-la por outros meios, instalasse para ela no quarto um aquecedor.

PÉROLAS DE TRADUÇÃO

A FRASE EM inglês era:
"The bride entered the church like an erect and elegant although a little too confident swan."

A jovem com pretensões a tradutora assim a verteu fielmente para o português:

"A noiva entrou na igreja como um aprumado e elegante embora um pouco confiante demais cisne."

Numa tradução de poemas de William Blake a escritora Heloisa Maria Leal encontrou, entre outras, estas preciosidades: "pretty pretty robin" traduzido para "preto preto pardal"; "merry merry sparrow" para "meigo meigo melro"; "little lamb" para "lambidinha" — e assim por diante. Esta última me intrigou tanto que recorri ao dicionário para ver que diabo de lambidinha era essa. Não tem dúvida, "lamb" significa só cordeiro mesmo — deve ter sido alguma brincadeirinha do tradutor.

Tudo bem — cada um traduz como quer. A não ser que acabe traduzindo o que não quer e tenha de se valer de uma errata. Como aconteceu com Elizabeth Bishop, que viveu longos anos no Brasil mas era americana e, embora excelente poetisa, não podia conhecer bem algumas sutilezas da nossa língua. No livro de Robert Lowell "Quatro Poemas", por ela traduzido, o verso "A colored fairy tinkles the blues" ficou sendo "uma fada negra tilinta blues", o que exigiu a seguinte errata:

"Na página 190, linha 4, em vez de "uma fada negra", leia-se "um preto veado".

Casos como esses em geral se devem a uma instituição que os editores se habituaram a chamar de "bagrinhos": pequenos tradutores desconhecidos, em geral estudantes, que se valem do relativo conhecimento de algum idioma estrangeiro para desincumbir-se da tarefa que lhes transfere um tradutor de renome. E nem se veja nessa prática uma exploração do trabalho alheio, pois muitas vezes se inspira em motivação nobre: a de proporcionar uma ajuda a alguém necessitado, cujo nome por si só não basta para conseguir trabalho de tradução. E a remuneração costuma ser tão baixa que acontece não raro acabar transferida na sua totalidade ao tradutor assim subempreitado. Também não chega a constituir propriamente uma fraude literária, desde que a tradução se submeta a uma criteriosa revisão por aquele que vai assiná-la.

Não se sabe qual era a de um tradutor ilustre como Monteiro Lobato, por exemplo, mas consta que ele teria de viver mais de cem anos para dar conta de todas as traduções com sua assinatura.

E a pressuposta supervisão de quem assina nem sempre é tão rigorosa quanto se espera. Como naquele caso do editor que reclamou do tradutor:

— Vê se toma mais cuidado com essas suas traduções! Dá ao menos uma lida, que diabo!

Tinha razão em reclamar, pois, logo nas primeiras páginas, havia esbarrado com a seguinte frase, em bom português:

"— Eu te amo — borbulhou ela aos ouvidos dele."

São INFINDÁVEIS os casos de infidelidade ao texto original, convertidos em anedotário — não há quem não cite um. Alguns já se tornaram clássicos, como o do telefonema que virou anel na frase "I'll give you a ring", ou o do estado-maior que virou um general chamado Staff, na expressão "General Staff". O tradutor, aliás afamado ficcionista, ao passar para o português um livro de guerra, tanto usou e abusou do pretenso General que, para justificar a sua presença em várias frentes de batalha pelo mundo, acrescentou uma frase por conta própria, afirmando que "o General Staff era um comandante tão extraordinário que parecia estar em vários lugares ao mesmo tempo".

Não é invenção minha: Moacir Werneck de Castro, na época comentarista literário de um jornal, ele próprio excelente tradutor, a cuja fina percepção não escapou essa tirada do outro, fez-lhe uma alusão em sua coluna, "não sem malícia e verve", como no verso de Vinicius. Encontrando-o pouco depois na rua, recebeu dele uma sentida queixa e, sensível ele próprio aos ditames da boa convivência entre confrades, justificou-se educadamente:

— Bem, não nego que haja um pouco de gozação no meu comentário. Mas você também não pode negar a mancada na sua tradução.

Ao que o tradutor lhe apresentou este argumento irrespondível:

— Como é que você queria que eu traduzisse, se eu não sei inglês?

A RECÍPROCA É VERDADEIRA: nas traduções de livros brasileiros que se publicam no exterior também costuma haver mancadas, como é de se imaginar.

Eu mesmo já fui vítima de algumas. A de ver, por exemplo, numa versão inglesa do romance "O Encontro Marcado", o personagem que em português se diz um romancista, afirmando: "I am a romantic."

Imagino o que se passa com um Guimarães Rosa, cuja linguagem brasileira, mais rica e elaborada, pode dar margem a desastrosos equívocos. Ou Jorge Amado, que por essas e outras em geral prefere nem saber o que fazem de sua obra em língua estrangeira. Segundo me contou, numa das poucas vezes que se interessou deu logo com algo que não constava do original: um personagem que seguia pela estrada carregando uma garrafa de aguardente. Custou a descobrir como aquela garrafa havia surgido, já que o personagem, como o concebera, ia seguindo pela estrada apenas "com uma botina ringideira". Naturalmente, o tradutor devia ser bom era em espanhol e não em português, e daí a botina lhe ter soado como qualquer coisa parecida com *botella*, ou garrafa. E ringideira, em consequência, teria que ser uma espécie de aguardente.

MENCIONEI HÁ ALGUM tempo estas pérolas de tradução numa crônica, e em pouco estava pagando meus pecados. Rubem Braga logo me telefonou:

— Essa última novela publicada na sua coleção já foi distribuída?

Ele se referia à coleção Novelas Imortais, que eu dirigia para a Editora Rocco. A última tinha sido "Bartleby, o Escriturário", de Herman Melville.

— Se foi publicada, foi distribuída. Por quê?

— Porque vai te deixar mal. Tem um erro de tradução que é de amargar. Merecia ser recolhida.

— A tradução é de Luís de Lima, e da melhor qualidade.

— Não é erro do tradutor não — insiste o Braga: — É seu mesmo. Na apresentação você cita um livro do homem e traduz o título para o português.

Realmente, menciono um livro de Melville chamado "White Jacket, or the World in a Man-of-War", que traduzi literalmente para "Túnica Branca, ou o Mundo num Homem-de-Guerra".

— Convém botar uma emenda, uma errata, qualquer coisa assim. Não vão perdoar esse seu "Homem-de-Guerra".

— "Man" é *homem*, "of" é *de* e "war" é *guerra*. Como é que você queria que eu traduzisse?

— Navio de guerra. Ou vaso de guerra, se você preferir.

Guerra é guerra. Me lembrei que o capitão Braga entendia dessas coisas, desde que fez parte da Força Expedicionária durante a Segunda Guerra Mundial. Tratava-se de verdadeiro cabo de guerra (que em inglês é "war-horse", isso eu sei).

Fui conferir no Webster, mas já me reconhecendo derrotado. Não adiantava chicanar, o Braga estava com a razão. Fiquei sabendo de uma vez por todas que homem também pode ser navio, pelo menos em inglês.

Deixa o Alfredo falar! Telefonei imediatamente para ele:

— Você sabe o que quer dizer "man-of-war"?

— Sei: quer dizer navio de guerra — ele foi dizendo logo.

E não deixou por menos:

— Você sabe o que quer dizer "portuguese man-of-war"?

— Já vem você — respondi, cauteloso: — Navio de guerra português?

— Nada disso. Quer dizer água-viva. Aquela medusa pegajosa que tem no mar e que queima a pele da gente. Agora me diga como o português chama água-viva.
— Claro que não sei.
— Caravela. Se não acredita, tira no dicionário.

Antes que ele fizesse a volta completa e chegasse de novo ao navio de guerra, agradeci e dei prudentemente o assunto por encerrado.

E PARA ENCERRAR mesmo, de uma vez por todas, só repetindo Paulo Rónai, mestre no assunto, ao citar Cervantes, para quem a tradução "é o avesso de uma tapeçaria". Ou Goethe, ao comparar os tradutores "aos alcoviteiros, que nos elogiam uma beldade meio velada como altamente digna de amor, e que despertam em nós uma curiosidade irresistível de conhecer o original".

É PERIGOSO VIVER

O VENTO FRESCO DA madrugada entrou pela janela e veio suavemente tirar-me do sono. Sem abrir os olhos, o corpo imóvel, percebi que havia acordado.

De súbito o sangue gelou-me nas veias: senti uma presença dentro do quarto. Uma presença macia, envolvente, feita de silêncio e escuridão. Abri finalmente os olhos — o silêncio se abateu sobre mim e a escuridão ficou maior. Por um instante não tive forças de me mexer e era como se eu estivesse morto, envolto em mortalha. Desfiz-me afinal dos lençóis e levantei-me de um salto, avancei precipitadamente para o interruptor da luz junto à porta.

Quando meus dedos ansiosos tateavam na parede, pousaram de leve em algo frio, áspero e crispado, que vinham a ser exatamente os dedos de uma outra mão.

ESTA HISTÓRIA evidentemente não aconteceu comigo, nem com ninguém. Acabei de inventá-la, para desafiar a sensação de insegurança que me deu de repente, ao ver-me aqui sozinho em meu quarto, em plena madrugada, escrevendo esta crônica.

Que seria se ela se tornasse verdadeira? Provavelmente eu me atiraria na cama e não abriria os olhos até de manhã, nem que sentisse mil presenças estranhas, macias e envolventes dentro do quarto.

Se a porta subitamente se abrisse... Eu podia jurar que estou ouvindo passos lá na sala. E como é estranho essa gota d'água pingando no banheiro, não apertei a torneira ainda há pouco?

Melhor deixar o resto para amanhã.

São três horas da tarde, uma tarde clara, cheia de sol. De alma também clara aqui estou, lépido e audaz, para recomeçar. Eu vinha ontem de uma reunião onde contaram coisas de impressionar. Alguém contou, por exemplo, o caso verídico de um enterrado vivo. Outro contou uma história, não sei se de filme ou romance, na qual um jovem via todas as noites um enorme cachorro preto, que vinha a ser o próprio demônio.

Mas houve relatos mais amenos. Um amigo narrou episódios da vida de seu avô, afirmando tratar-se de uma grande figura. Ao fazer cinquenta anos, parou um pouco para analisar a situação e concluiu: "Não creio que eu ainda tenha mais que uns quinze anos de vida. Pois muito bem: até hoje trabalhei, criei os filhos, fiz o que pude. Nestes quinze anos que me restam vou levar vida regalada." E dali por diante regalou-se como pôde, vendeu o que tinha para poder gastar dinheiro como bem quisesse e, consciência livre das mesquinhas preocupações desta vida, veio vivendo no melhor dos mundos. Outro dia completou oitenta anos.

— Vovô, assim também é demais — queixavam-se os netos: — O senhor saindo toda noite, na sua idade, quase nunca para em casa, mal tem tempo de ver a gente!

E arremataram:

— Hoje é dia de seu aniversário: hoje o senhor não sai.

O velho concordou a contragosto e ficou. Na hora que ia recolher-se, escorregou no chinelo e caiu, fraturou a bacia. Passou três meses de cama.

— Estão vendo? — queixava-se a todo momento: — Nunca fui dormir naquela hora, e sem beber um pouco antes. É nisso que dá. Ficar em casa é um perigo.

Assim que teve alta, voltou para a rua, e agora ninguém o apanha em casa antes das três da madrugada.

Os netos estão pensando em levá-lo a um psicanalista.

CONHEÇO VÁRIOS psicanalistas. Um deles, meu melhor amigo e companheiro de infância, trago mesmo sempre à mão para qualquer eventualidade. Mas exatamente por ser amigo, sei que não poderia contar com ele: protestaria suspeição, por excessivo conhecimento de causa, e me mandaria para outro.

Caso contrário, só nos restaria repetir o diálogo que ele manteve certa ocasião com um doidinho:

— Doutor, estou condenado à morte.

— Condenado à morte como?

— Sei que vou morrer. E o pior é que não sei quando, nem como vão executar a sentença. Não é horrível isto, doutor? Estar condenado à morte sem data marcada e sem nem saber que crime eu cometi?

— Quanto a isso, meu velho, não tem remédio. O pior é que eu também estou. Todos estamos.

E se confraternizou com o cliente, no humilde reconhecimento de nossa condição de simples mortais.

Tinha mesmo um jacaré de verdade debaixo da cama daquele outro? O neurótico constrói castelos, o psicótico mora neles e o psiquiatra cobra o aluguel?

— Dois e dois são cinco — afirma calmamente o psicótico.

Ao que o neurótico contesta com veemência:

— Absolutamente! Dois e dois são quatro. E é isso que eu não posso suportar!

São anedotas já antigas no folclore da psiquiatria, segundo as quais o doido era sempre o diretor do hospício, o médico se chamava alienista e o cliente era o próprio Napoleão. Este não passava de um doido que acreditava ser Napoleão. Repete-se com frequência, e eu mesmo o fiz várias vezes, a definição de Chesterton, segundo a qual "doido é aquele que perdeu tudo, menos a razão".

NÃO HÁ DE SER o fato de me saber mortal que me levará um dia ao divã do analista. Muito menos o de estar na moda se fazer analisar porque dois e dois são quatro, e isso nos seja intolerável. Por outro lado, até hoje não me apareceu debaixo da cama aquele famoso jacaré que acabou comendo o cliente. Não me sinto mordido pela cachorra, muito antes pelo contrário: meus complexos me parecem domesticados como gatos: não mordem as visitas, não sujam dentro de casa, não fazem barulho, até que me distraem.

Salvo se esta minha otimista maneira de ser venha a constituir um grave sintoma, cristalizado no que se costuma chamar de "resistência".

Neste caso, é bem possível que eu esteja precisando consertar a minha maneira de ser, como se conserta um sapato, na suposição de que ainda aguento bem uma meia-sola, como diria o poeta. Para palmilhar os caminhos desta vida, arremataria o sapateiro.

O DOIDO QUE EXISTE em mim. Convém não esquecer o doido que existe nos outros. De médico e louco...
Trecho de um artigo do diretor do Serviço Nacional de Doenças Mentais sobre conhecido pensador católico brasileiro:
"Doidarraz escanifrado e mau, moralão cloacino dos estulóquios regeneradores que a canina facúndia de Quintiliano compele, no sadismo incoercível dos maldizentes procelosos, ao duelo hipocondríaco da luta com os moinhos da sua alucinada quixotose nosocomial de matoide do regicídio inconsciente e de esquizopata da agressão rebefrênica..."
E por aí afora. Pronunciamento a sério, publicado em jornal.

EM COMPENSAÇÃO, aqui vai um exemplo de pura poesia, concebida em termos da mais desvairada loucura, no escrito de um alienado do Instituto Raul Soares, em Belo Horizonte:
"Declaro, na mais mística de todas as misérias, que as referências feitas ao Todo-Poderoso em meu nome se incluem nas inúmeras calúnias verdes que os antigos apelidavam navios. As rubras distorções que um dia me habitaram agora se tornam cada vez mais persistentes e me desdizem de todo e qualquer ideário de felicidade. Entretanto, nem ao menos me será possível despertar a cólera do grande duque imerso na sua cinza branca, tão alto e tão tímido que ninguém, e nenhum cavalo,

será capaz de destroná-lo. A força dos padres reside na tortura da consciência pelos desterros voluntários, em que se matam formigas de todas as nações em conspiradoras viagens."

VIVER É MUITO perigoso — quem afirma é Guimarães Rosa, pela boca de Riobaldo Tatarana. Ao que outro amigo, também médico, costuma acrescentar: e faz muito mal à saúde. Já se imaginou doença mais devastadora? Envelhece, desgasta, aniquila, faz cair cabelos e dentes, relaxa, intumesce, contamina, deteriora. Ataca todos os órgãos, especialmente o coração.

Então só nos resta buscar no psicanalista consolo para o estrago de viver e, esvaziando a alma de sua impura carga, nos orgulhar de estar morrendo a cada instante. Exatamente como aquele homem da anedota, que fazia pipi na cama, e que depois de psicanalisado continuou fazendo, mas passou a ter um grande orgulho disso.

O TEMPO DAS VACAS GORDAS

Percebi esta manhã a distância que me separa das novas gerações quando, num gesto ancestral, puxei o fecho da braguilha depois de vestir a calça.

Ancestral só na aparência. A esta altura da vida, ouso confessar: sou do tempo em que se fechava com botões a abertura das calças, a qual em Minas chamávamos de *barguilha*.

Que o dicionário registra, diga-se de passagem — mas como "metátese de braguilha": vem de *braga* — segundo o mestre Aurélio: uma espécie de calção, curto e largo, usado outrora. Meu amigo Rubem Braga, outro mestre no étimo, é capaz de jamais ter sabido o que se esconde no seu sobrenome.

Isto de botões foi evidentemente no século XII de nossa era, antes do advento do zipe, ou zíper, então conhecido como fecho ecler. Por quê? Não sei dizer. "Éclair", em francês, segundo também o dicionário, significa "relâmpago, clarão, revelação súbita", e bem assim "um doce de forma alongada também conhecido como bomba". Qualquer semelhança sendo mera coincidência.

Pois o fecho ecler para as calças, à vista de tamanha responsabilidade, foi a princípio olhado com suspicácia pelos homens da geração anterior à minha, que sorriam, prevenidos: não vá esse troço se engastalhar onde não deve. Aos poucos foi ele sendo aceito (com a indispensável proteção por dentro, é claro) — e se tornou corriqueiro, como todas as novidades.

Era um tempo em que ir à praia significava ir ao banho de mar. As mulheres ainda não usavam nem biquíni, que dirá sunga ou "fio-dental" — quando muito maiô de duas peças, deixando apenas o umbigo de fora, e olhe lá. A barraca se chamava guarda-sol. A quadra se chamava quarteirão e a calçada, ou calçadão de hoje em dia, era o passeio, onde se fazia o "footing", durante o qual a gente flertava com os brotinhos que davam quebra. Sabe-se lá o que é isso?

Íamos à matinê para assistir a uma fita de cinema e não para ver um filme. Podíamos ir também à "soirée", que era mais chique. Exigia-se gravata para entrar no cinema, no teatro, no restaurante, na igreja, ou em qualquer lugar de respeito.

Em matéria de elegância masculina, usava-se calça alta na cintura, suspensórios e paletó de ombros largos com enchimento, um lenço branco atufado no bolsinho junto da lapela esquerda. O lenço de assoar o nariz (ou limpar o batom) ficava no bolso da calça. O do bolsinho destinava-se às damas para que nele se sentassem, em banco de praça e onde mais houvesse suspeita de umidade ou poeira. E ainda a socorrê-las em casos de emergência, que incluíam o derramamento de lágrimas. Naquela época as mulheres costumavam derramar lágrimas em profusão.

Empoavam o rosto com pó de arroz e aplicavam duas rodelas de "rouge" nas faces. (Para os mais velhos, o batom ainda se chamava carmim.) Houve mesmo tempo em que era o suprassumo da moda feminina pregar no rosto uma pinta — "sinal de beauté", como diziam os que pensavam que sabiam francês: pequeno confete de feltro negro, às vezes até em forma de coração ou naipes de baralho, acredite se quiser. Me lembro de minha mãe, na dúvida diante do espelho da penteadeira, já pronta para sair, examinando o rosto: "Onde é que vou colocar a minha pinta?"

No capítulo das bebidas, a evolução também foi grande. Basta dizer que era moda tomar vermute! Do vermute adicionado à cachaça nasceu o "traçado". Que o diga aquele beberrão, antigo prefeito de Belo Horizonte e precursor de Jânio Quadros, a quem o visitante ilustre elogiou o traçado da cidade e que respondeu, nostálgico: "Já foi melhor. Hoje em dia estão botando muito vermute."

Havia até algo chamado "sessão vermute": matinê de cinema sábado ou domingo, seguida de um aperitivo na confeitaria. Enquanto as moças tomavam um "sundae" ou uma "banana split", cada sorvetão de meter medo, as mais finas se limitando ao chá com "waffles" (que algumas chamavam de "ueifles"), os homens chupitavam o seu vermute. Quando não Madeira R ou conhaque Macieira. Este, especialmente nos bares da praia, em geral se fazia acompanhar, entre os mais avisados, do chope duplo em canecões de vidro.

Encerremos as lembranças do passado com esta digressão etílica, falando no advento do uísque. Começou sendo servido em copos grandes, desses de refresco, com gelo e clube-soda. Ou com sifão — aquele mesmo que o Carlito costumava borrifar nos outros em suas comédias. Havia ignaros que tomavam com guaraná, para a indignação dos iniciados. Old Parr era o mais comum e President o mais fino, em sua bela garrafa com tampa de cristal. A cerveja preta também tinha o seu lugar. Não a Malzbier, execrada por ser doce e sem álcool, mas a Porter, bem forte, parecida com a Guinness dos ingleses, e a Caracu, brasileiríssima, cujo nome inspirava gracejos chulos a partir da terceira garrafa. Ambas deviam ser servidas com cuidado, para que a espuma, de tão abundante, não transbordasse do copo, e era boa combinação misturá-las com a cerveja comum: Cascatinha, Teutônia, Hamburguesa, Hanseática, todas inesquecíveis. Où sont les neiges d'antan?

Só me resta ir ficando por aqui e tomar um drinque, como brinde a estas doces e nostálgicas recordações... Nem é preciso recordar mais nada para o leitor perceber que sou mesmo do tempo das vacas gordas.

Um tempo em que a escola era risonha e franca.

Em que se amarrava cachorro com linguiça.

Em que o melhor da festa era esperar por ela.

Em que mais valia um gosto que seis vinténs.

Em que a areia das praias era mais clara.

Em que as letras impressas eram maiores.

Em que as ladeiras eram mais suaves.

Em que as distâncias eram mais curtas.

Em que os dias eram mais longos.

Em que o amor era mais puro.

Em que a mocidade era eterna.

ASSALTO EM REGRA

Enquanto aguardava na fila do guichê o pagamento do seu salário de professora, viu que alguém a olhava na outra fila. Aquela agência da Caixa Econômica era das mais movimentadas e, embora rápido o atendimento, teve tempo bastante para reparar que o homem em quem despertara interesse não era de se jogar fora: alto, moreno e simpático, como se dizia antigamente. Com certeza um professor que também viera receber o salário. Seus olhares se cruzaram, ele sorriu — e ela, se não retribuiu o sorriso, pelo menos o acolheu com os olhos.

Chegada a sua vez, esqueceu-o por um instante, ocupada em receber e conferir o dinheiro. Depois embrulhou cuidadosamente o pacote de notas num lenço de papel, colocou-o dentro da bolsa e só então olhou a outra fila. Ele havia desaparecido.

Já na rua, quando ia entrar no táxi que se detivera a um sinal seu, um braço se adiantou:

— Com licença.

Com mão diligente e prestativa, ele lhe abriu a porta do táxi. Era o seu "professor":

— Eu ia tomar este táxi, mas você teve mais sorte... Posso saber para onde vai?

— Para minha casa.

— Posso saber onde fica a sua casa?

— Por quê?

— Talvez a gente vá na mesma direção.
— Fica no Rio Comprido.
— Coincidência — sorriu ele, e aquele sorriso, assim de perto, era realmente irresistível: — Também moro no Rio Comprido. Posso acompanhá-la?

Não convinha se deixar levar assim sem mais nem menos, era preciso não parecer tão fácil de conquistar. Mas a técnica de conquista que ele usava, se técnica houvesse, era impecável — não só delicada e insinuante, mas convincente: podia perfeitamente acontecer que ele morasse mesmo no Rio Comprido. E não havia alternativa, era pegar ou largar — se não aceitassse, talvez nunca mais o visse.

Então ela fez apenas um gesto de ombro, como quem não se importa, é indiferente — e entrou no táxi. Ele entrou atrás.

Ela deu o endereço ao motorista e, durante o percurso, observou de esguelha o homem a seu lado. Ele permanecia calado, olhando para a frente, mas continuava a exibir no rosto, fixo como o de uma máscara, o mesmo sorriso. Aquilo já lhe pareceu esquisito: tinha qualquer coisa de sinistro. Ao mesmo tempo sentiu a mão dele se mexer de leve, erguendo-se entre os joelhos, chegou a pensar que ia segurar a sua, largada sobre a perna. Mas, baixando os olhos, viu que ele simplesmente apontava um revólver em sua direção.

— Abra a bolsa bem devagar — ele sussurrou, entredentes, sem se mexer: — Tire o dinheiro e me dê aqui por baixo, junto da minha perna. Qualquer reação e eu atiro.

Trêmula da cabeça aos pés, ela fez como ele ordenara. Depois de guardar discretamente o pacote do dinheiro no bolso do paletó, ele se inclinou para a frente, pediu com naturalidade ao motorista que parasse. Voltou-se para ela:

— Vou saltar aqui. Até logo, meu bem. Depois te telefono.

A confusão dela era total — por um segundo achou que ele iria mesmo telefonar. O táxi prosseguiu viagem. Vendo-se a salvo, gritou histericamente para o motorista:

— Para! Para! Fui assaltada!

Sobressaltado, o motorista parou, voltando-se para trás. Ela não sabia explicar senão de maneira desordenada o que lhe havia acontecido. Mas ele acabou entendendo:

— Um assaltante! Quer dizer que nem conhecia ele! Como é que ele entrou com a senhora?

— Pediu uma carona. — E ela começou a chorar.

— Bem que eu achei ele esquisito — e o motorista sugeriu, condoído, mas com ar cético: — Quer ir dar queixa na polícia?

— De que adianta? — ela retrucou, mais cética ainda: — Não tenho provas. Não sei quem é aquele homem. A polícia não pode fazer nada. Não vão nem acreditar. É melhor seguir em frente.

Ao chegar, teve de pedir à irmã, com quem morava, que lhe emprestasse o dinheiro do táxi. E contou a sua desdita, indignada: perdera tudo de que dispunha para as despesas do mês.

— Você também vai dando carona a um desconhecido assim sem mais nem menos — censurou a irmã.

— Mas eu jamais podia imaginar! Me pareceu tão delicado...

Não chegou a mencionar o sorriso irresistível:

— E agora? Como é que eu vou me arranjar?

— A gente faz um empréstimo — a irmã, mais prática, procurou consolá-la: — Vamos de novo até a Caixa. Eu vou com você.

Voltou à Caixa com a irmã, de ônibus desta vez. A outra tinha ali uns conhecimentos na gerência, ajudou-a a preencher a papelada para o empréstimo.

— Sua identidade, por favor — pediu o funcionário.

Ela remexeu na bolsa e acabou encontrando, assombrada, não a carteira de identidade, mas alguma coisa embrulhada em lenço de papel: era o seu pacotinho de dinheiro. Então foi tomada de um frouxo de riso incontrolável — mal conseguia falar, enxugando as lágrimas que lhe saltavam dos olhos:

— Não preciso mais de empréstimo! Em vez do embrulho com o dinheiro, entreguei a ele um pacote de absorvente higiênico.

ÁRIA PARA ASSOVIO

Vinicius de Moraes costumava dizer que, vivendo no estrangeiro, sentia falta mesmo era de ouvir à noite o pinicar de um cavaquinho por trás do tabique de uma construção.

Quando eu morava em Londres me lembrava sempre disso, andando por aquelas ruas silenciosas. Já não digo um cavaquinho, que soaria como Hino Nacional aos meus ouvidos: bastaria um simples assovio.

(Assovio ou assobio?, me pergunto de passagem. Uso indiferentemente os dois, mas opto aqui pelo primeiro, que soa mais doce, como fez o próprio Vinicius na sua "Ária para Assovio".)

Pois um dia percebi que os ingleses me olhavam de passagem, com aquele ar disfarçado que eles têm de fingir que não estão reparando. Só mais tarde descobri a razão: eu vinha distraído pela rua, assoviando um samba.

Concluí então que devíamos mandar alguns assoviadores patrícios em turnê pelo mundo, seria um sucesso.

O assovio para mim é atávico, ancestral, imperativo de nacionalidade, manifestação genuína da alma brasileira.

(Ou da malandragem brasileira.)

PERCORRO MENTALMENTE as várias modalidades de assovio que desde criança me acostumei a admirar.

Não me esqueço daquele que costumava surgir ao longe dentro de uma noite insone da minha infância em Belo Horizonte: cadenciando os passos de um notívago, vinha se aproximando lentamente até debaixo de minha janela, para depois ir se perdendo na distância. Como os fidalgos de volta da caçada, no soneto "Cavalgada" de Raimundo Correia.

Eu mesmo, em menino, quando minha mãe me mandava ao armarinho da rua Santa Rita Durão buscar um retrós, ou forrar meia dúzia de botões com o retalho do vestido, decidia comigo para espantar a preguiça: vou de assovio.

Anos mais tarde, já irremediavelmente adulto, eu ficaria sabendo de Paulo Mendes Campos que ele usava semelhante distração quando pequeno, se o mandavam ir sozinho aonde quer que fosse (às vezes, por coincidência, ao mesmíssimo armarinho, que era perto de sua casa).

Uma das lembranças mais vivas que guardo de meu pai é o assovio baixo, manso, quase um sopro, com que Seu Domingos procurava discretamente disfarçar as preocupações.

Aquele da língua dobrada, com dois dedos metidos na boca (ou com um apenas, ou dedo nenhum, o que é ainda mais prodigioso): estridente, insuportavelmente agudo, foi coisa que, entre as minhas molecagens de infância, jamais consegui aprender. Trago para a idade madura esta irreparável frustração.

Para compensar, o assovio entre os dentes cheguei a praticar com relativa competência. Língua colada à arcada superior, não envolve caretas, apenas meio sorriso, e cai bem até mesmo numa sala de espera, denotando distraída resignação. Há também o que serve para chamar as pessoas — em geral um timbre e uma consonância (à falta de melhor expressão) peculiar a cada um. Muita gente conserva, mesmo, desde a juventude, o hábito de assim convocar os de sua turma, como num código de amizade. Hélio Pellegrino, por exemplo, se esmerava no uso (e abuso) do assovio adotado pelos quatro companheiros de geração, onde quer que estivéssemos.

Não se falando no assovio musical propriamente dito, em que, aliás, modéstia à parte, não sou dos piores.

Stanislaw Ponte Preta era dos bons. Certa noite nosso amigo Luiz Coelho, meio chegado a essas coisas, promoveu em sua casa uma disputa entre nós dois que acabei vencendo, no consenso dos presentes (por maioria de um voto): ele assoviou um popular "Carinhoso", de Pixinguinha; eu não deixei por menos: ataquei de "Jesus, Alegria dos Homens", de Johann Sebastian Bach.

ESTÁVAMOS, Otto Lara Resende e eu, sozinhos em minha casa, alta noite, de conversa fiada como sempre. Eu lhe expunha uma ideia qualquer e ele me ouvia calado, aparentemente atento.

Foi então que comecei a escutar, por detrás de minha voz, uma musiquinha assoviada ao longe. Parecia vir lá de fora.

Enquanto eu falava, me debrucei à janela e olhei a rua. Ninguém. Fui espiar na outra sala, abri a porta da frente para ver se não havia alguém no saguão do elevador.

E voltei a falar. Em pouco o assovio também voltava, baixinho, manhoso, soprado do outro mundo. Calei-me — nem sabia mais o que estava querendo dizer. Erguia-me, tornava à janela, auscultava o ar, colava o ouvido na porta.

— Que é que você tem que não para quieto? — Otto estranhou.

— Esse assovio — insisti: — Você não está ouvindo nada?

— Estou ouvindo você falar.

— Ou fiquei maluco de vez ou tem alguém assoviando.

Sem lhe dar mais atenção, calado, orelhas espetadas no ar, eu parecia um perdigueiro amarrando a caça.

— Olha aí! — exclamei. — Está ouvindo agora?

Ele não resistiu e começou a rir. Só então descobri, estupefato, a origem do assovio: era ele próprio, o intrujão, exercendo mais um de seus maravilhosos truques. Otto Lara Resende era o único brasileiro capaz de assoviar de boca aparentemente fechada.

O MANOBREIRO AVELINO

ÉRAMOS DOIS COLEGAS de ginásio que nos reencontrávamos na maturidade, um feito escritor e outro presidente de uma empresa.

— Vai lá almoçar comigo amanhã — intimou-me ele.

Fui. No estacionamento privativo da empresa já encontrei ordens para deixar o carro por conta do manobreiro. Fui introduzido pela secretária no gabinete do ex-colega, que me aguardava com uma garrafa de uísque de doze anos.

— Não mereço tanto.

— Para celebrar nosso encontro — e ele foi logo abrindo a garrafa.

Passamos a confraternizar em sucessivos brindes ao passado:

— E naquele dia em que nós dois...

— Puxa, como você era moleque!

Ele queria saber de minha vida desde então:

— Quantos casamentos?

— Três. E você?

— Lembra-se daquela nossa coleguinha que eu namorava? Pois bem: acabei me casando com ela, e com ela estou até hoje, já faz mais de trinta anos.

— Bem que naquela época eu já te achava com cara de tarado sexual.

Três ou quatro doses mais tarde, passamos à sala de refeições, onde almoçamos a sós como dois nababos, entre gargalhadas a cada nova reminiscência, estimulados pelo excelente vinho que o garçom ia sempre renovando.

— Que boa vida você leva — eu dizia, admirado.

— Você é que não sabe... As preocupações! Se não tivesse tanto trabalho, ia fazer como você: passar a vida escrevendo. Minha vida é um romance.

Entardecia, quando enfim nos despedimos em grandes abraços:

— Qualquer dia desses.

— Precisamos combinar.

Talvez tão cedo não nos víssemos de novo, não fosse o manobreiro me estender uma nota, quando tomei a direção do carro:

— Doutor, encontrei esse dinheiro no chão do carro.

Surpreendido com tamanha honestidade, tão rara hoje em dia, mandei que ele guardasse o dinheiro, que não valia grande coisa:

— Você merece mais do que isso. Vou recomendá-lo ao presidente da empresa. Qual é o seu nome?

— Avelino. — O manobreiro mostrou os dentes, num sorriso feliz.

Na euforia etílica em que me achava, fui chegando em casa e ligando para meu redescoberto amigo:

— Você tem aí no estacionamento um manobreiro chamado Avelino.

— Tenho?

— Tem. Pois imagine que o Avelino...

Ele não me escutava, mais eufórico do que eu:

— Você me abandonou, isso não se faz. Dei o expediente por encerrado e voltei sozinho àquele uísque.

— Ouça o que estou dizendo — insisti: — É sobre o Avelino. O manobreiro, aí fora, no estacionamento. Encontrou um dinheiro que deixei cair no carro e guardou.

Ouvi sua voz roufenha chamando pela secretária:

— Meu amigo perdeu um dinheiro lá no estacionamento. O manobreiro achou e ficou com ele. Um tal de... — novamente para mim: — Como é mesmo o nome dele?

— Avelino. Mas ele não ficou com o dinheiro, pelo contrário. O que eu queria...

— O nome dele é Adelino — foi dizendo para a secretária: — Vá lá e avise ao Adelino que ele vai ter de devolver o dinheiro.

— Meu Deus, não é nada disso. Não é Adelino... Alô!

Mas o meu amigo não me ouvia, já empolgado:

— E mais: avise também que ele está despedido.

Me disse que eu ficasse tranquilo, ia tomar providências imediatas, logo me daria um retorno sobre o assunto. E desligou.

Nem como escritor eu teria imaginação para um equívoco tão grotesco. Conformado, abandonei minha disposição de escrever (ou de tirar uma pestana), peguei o carro, e retornei à empresa.

Encontrei no estacionamento um Avelino de olhos esbugalhados:

— Doutor, que recomendação a do senhor! Olha só o que foi me arranjar: estou passando por ladrão e vou ser despedido.

O que lhe valeu, ali mesmo, algumas vezes mais de dinheiro do que ele achara e que, segundo eu havia afirmado,

65

merecia pela sua honestidade. Esclareci enfim o caso com o meu amigo, a quem reencontrei já um pouco mais para lá do que para cá.

Só me restou ajudá-lo a dar cabo do uísque.

COM MUITO ORGULHO

Quando escrevi sobre o brasileiro como se eu fosse inglês (*O Brasileiro para Inglês Ver*, em "Gente"), houve quem discordasse: eu teria erigido em qualidade o que não passava de cafajestice. Era mesmo só para inglês ver.

Será que o brasileiro é cafajeste por natureza? Serão inerentes à nossa índole a descortesia, a desatenção, a sem-cerimônia, a boçalidade, a grosseria, o desrespeito às mínimas regras de civilidade?

Pode parecer elitismo esperar respeito às regras de civilidade da parte de um povo cuja maioria vive no mais completo desamparo, disputando vagas de trabalho escravo, por um salário mínimo que lhe assegura apenas a condição de miséria remunerada. Para estes, a educação é um luxo muito além de seu alcance.

Pois é justamente nas classes mais carentes que se pode encontrar algum traço de polidez e de boas maneiras. O lavrador ou o operário em geral é gente fina. São os pobres que vivem nos dando lições de compostura, fruto às vezes da submissão a uma ordem social injusta. Os cafajestes imperam é da classe média para cima. Os privilegiados da fortuna, os que vegetam nas altas esferas da sociedade, esses sim, costumam demonstrar não ter tomado chá em pequeno. Haja vista, por exemplo, o furto de talheres em banquetes, ou de cinzeiros, saboneteiras, toalhinhas de mão e até papel higiênico nos restaurantes de luxo.

A propósito, me lembro de Assis Chateaubriand, membro do Senado Federal, de regresso do toalete, irrompendo no plenário em meio a uma sessão, para declarar, indignado:

— Não se pode chamar de civilizado um país no qual nem os senadores da República aprenderam a dar descarga.

Sem falar na imundície do toalete de qualquer bar ou restaurante. Nem no hábito de escarrar no chão, de se coçar em público, de deixar que cachorro suje a calçada.

Já se dá de barato que não temos jeito para pequenos gestos de gentileza e finura no trato: dizer bom dia, com licença, por favor, muito obrigado. Cumprimentar o motorista ao entrar num táxi ou o empregado numa loja só faz despertar um olhar de espanto: qual é a desse cara? Não são apenas os homens: rara é a mulher que se digna a agradecer quando lhe cedemos passagem ou lhe abrimos a porta do elevador. E qual é essa de ser polido e respeitar o direito alheio? Cada um que se vire e os outros que se danem — para não usar verbo mais grosso.

É o que parecem estar dizendo: afinal de contas, não somos ingleses, somos brasileiros, o que é que há? Não combinam com o nosso temperamento irrequieto e malicioso de latino-americanos esses refinamentos da educação britânica, essas frescuras. Nós somos é da viração, do vai da valsa, do deixa pra lá, estamos aí, não vem que não tem. Nosso jeito é para dar um jeito — o famoso jeitinho, que vem a ser a lei do eu-primeiro, o golpe, a colher de chá, o quebra-galho, a mutreta, o jabaculê, vai-que-é-mole, deixa-correr-frouxo-que-ninguém-é-de-ferro — tudo isso erigido em respeitável instituição nacional. Qualquer espécie de regulamento, preceito, ordenança, formalidade ou simples norma legal é encarada como restrição a um direito individual. É o caso das tais leis que simplesmente não pegam, como vacinas — também já decantado por mim noutra crônica (*O Império da Lei*, em "A Mulher do Vizinho").

A nossa já tradicional malandragem, tão cantada e decantada — essa vaidade de ser o maior, o maioral, o bacana, o vivaldino, papai aqui está com tudo, comigo ninguém pode —, acaba não passando de pretensão e água benta. Já o saudoso Stanislaw Ponte Preta, que entendia do riscado, contava em crônica memorável a surra não menos memorável que um malandro tomou de um alemão num botequim, para deixar dessa história de achar que o brasileiro leva todo mundo na conversa, ganha qualquer parada na ginga de corpo.

No trânsito é que a grossura do brasileiro, tão maneiroso quando se trata de levar vantagem, atinge proporções de verdadeira selvageria. A única concessão à solidariedade de que um motorista é capaz consiste naquele gesto meio fescenino de juntar e separar os dedos para mostrar a outro motorista que o farol está aceso durante o dia. Acham bonito isso, muito distinto. Em tudo mais, os outros que se cuidem: ninguém respeita o sinal fechado, a faixa de pedestres, nem cede a vez nos cruzamentos, nem aguarda que o outro estacione, ou que o transeunte acabe de atravessar a rua quando o sinal se abre, nem segue em linha reta, nem dá passagem à esquerda ou à direita. Prevalece a lei da selva.

Não se respeita nem a autoridade do guarda. Eu que o diga: vinha pela praia e fiz calmamente o retorno numa esquina onde não era permitido. Logo adiante um guarda me fez parar:

— O senhor não viu ali a placa proibindo retorno?

— A placa eu vi, seu guarda — informei, com todo o respeito: — Não vi foi o senhor.

Válida ou não, o certo é que a explicação me dispensou da multa.

E em futebol, então, nem se fala. João Saldanha, entendido do assunto, já deu testemunho disso, também numa crônica, provando que em matéria de jogo de cintura há muita pretensão e água benta: fora do campo não somos de nada. Qualquer inglês ou sueco nos passa para trás: sem botar banca de safo, mas ao contrário, com aquele arzinho branquicelo de quem não é de nada, na hora de garfar do juiz ou dos cartolas uma decisãozinha a seu favor, não há moreno que possa com sua lábia — passam na cara um por um. O gringo come o milho e o brasileiro leva a fama.

É tanta gente a concordar comigo, quando faço tais comentários — até parece que a maioria é constituída de gente da mais refinada educação. E outros hábitos do brasileiro são mencionados: combinar e não cumprir; pedir livro emprestado e não devolver; mentir para agradar; não respeitar fila; falar aos berros em lugares públicos; fumar em local não permitido; entrar pela saída e sair pela entrada; intrometer-se na conversa dos outros — e por aí afora.

AQUI, COMO DIRIA o poeta, um poder mais alto se alevanta. Ou, como diria o cafajeste, o buraco é mais embaixo. É bem possível que pelo menos a nossa ojeriza a normas e proibições decorra também de uma qualidade que muito povo mais civilizado daria tudo para possuir: certo instinto libertário incontrolável no brasileiro, que o faz reagir, até as raias da insensatez, quando ameaçam tolher a sua independência. Esse apego à liberdade é justamente o que ele tem de melhor.

Um pouco mais de civilidade não faria mal a ninguém. Mas que não se confunda com a hipocrisia, a dissimulação, o servilismo que os bons modos às vezes costumam trazer consigo. Que o brasileiro, em nome da boa educação, não se transforme num boi de presépio, sempre pronto a abaixar a cabeça ante os poderosos deste mundo.

Neste caso, é preferível continuar assim mesmo: cafajeste, sim, e com muito orgulho.

DE CAIR O QUEIXO

Agora eu vou contar uma história de cair o queixo. Aconteceu em Belo Horizonte, como não podia deixar de ser.

Eram dois motoristas de táxi que conversavam enquanto aguardavam freguês, no estacionamento à sombra das árvores da Avenida Afonso Pena. Quando ali havia árvores.

— Você conhece aquela do...

— E tem também aquela...

Assim, trocando histórias e anedotas, os dois se divertiam, esquecidos da vida, e as risadas estouravam.

Até que um deles chamou especialmente a atenção do outro para a próxima que iria contar:

— Escuta essa agora, que é de matar de rir.

Podia ter dito que era de cair o queixo. O que ouvia já antecipava o riso, o rosto se contorcendo em caretas — ao desfecho, explodiu numa gargalhada:

— Ai, que não posso... Ai!

Este último ai era um berro de dor. Riso de súbito interrompido, boca aberta, olhava o companheiro com olhos esbugalhados. E o queixo literalmente caído.

— Que foi? Que aconteceu?

Não pôde responder. Sua garganta emitia apenas soturnos sons guturais, grotescos grunhidos de dor, como um afogado sem fôlego tentando gritar por socorro. Maxilar deslocado, queixada para a frente como a de um camelo, ele não conseguia mais fechar a boca.

A reação do companheiro foi inesperada, surpreendente e, sob todos os aspectos, absolutamente imperdoável: disparou a rir. Quanto mais o outro regougava, revirando os olhos aflitos, mais ele ria:

— Bem que eu avisei...

De repente o riso morreu num berro. Ele fitava o outro, olhos também esbugalhados, boca escancarada, maxilar grotescamente projetado para a frente.

Agora eram dois de queixo caído, que se contorciam e sapateavam, desavorados de dor. Os demais motoristas, ao ver os colegas naquela espécie de dança de São Guido, vieram em sua ajuda, levaram os dois para o pronto-socorro.

— De repente ficaram assim — explicaram, estupefatos, ao interno que os recebeu: — Estavam conversando e rindo, quando de repente...

— Costuma acontecer. Só que dois de uma vez eu nunca tinha visto.

E o interno levou-os a uma enfermaria, fê-los sentar-se, enrolou uma toalha na mão:

— Tenho de me proteger: a boca, quando fecha, bate com força feito uma queixada de burro, pode até decepar os dedos. Qual é o primeiro?

Os infelizes o olhavam, boquiabertos como dois débeis mentais. Outros internos se juntaram na enfermaria, entre comentários:

— Dois ao mesmo tempo!
— Esta é de cair o queixo.

Segurando com firmeza o maxilar de um deles pela arcada dentária, o interno apoiou de leve a palma da mão no queixo do paciente e, sem o menor aviso, num movimento brusco de quem fecha uma gaveta emperrada, empurrou com toda força. Um estalido, um urro de dor, e o queixo se encaixou no lugar, dente contra dente, como uma armadilha de caça.

— O outro, agora.

Com a mesma operação e o mesmo urro de dor, repôs o outro queixo no lugar.

— Muito bem — e o interno esfregou as mãos, satisfeito.
— Agora me contem como foi isso, que estou curioso.

Os dois, meio encafifados, vacilavam, sem saber como contar, ainda experimentando o movimento do queixo com a mão.

— Cuidado, que pode cair de novo.

— O dele caiu primeiro — disse um, afinal.

— E ele riu de mim, Deus castigou.

Cautelosos, preferiam mudar de assunto. Mas diante da insistência do interno, o que riu do outro acabou contando, agora com a maior seriedade, a história que dera origem a tudo.

Diante da presumível descrença do leitor em relação ao desfecho, lembro-lhe de ter avisado desde o princípio que ia contar uma história de cair o queixo. O próprio interno afirmou que isso costuma acontecer.

Que história era essa, afinal? Prefiro não saber. Limito-me a informar que o interno, ao ouvi-la, teve um frouxo de riso tão incontrolável e estapafúrdio que o seu queixo também caiu.

SOB O MANTO DA FANTASIA

O ESCRITOR MINEIRO Luís Carlos Eiras teve a insensata ideia de ler para sua filha Laís, de oito anos, o meu conto "O Homem Nu". Quando chegou ao fim, o homem nu (já vestido) abrindo a porta e esbarrando com o cobrador da televisão, de quem pretendia se esconder, a menininha perguntou apenas:

— O que aconteceu depois que o cobrador chegou?

O pai confessou que não sabia, a história terminava aí. A menina pediu-lhe então que perguntasse ao autor.

Ele passou a pergunta a mim e eu aos leitores, numa crônica, pedindo que me ajudassem a sair desta.

Jamais imaginei a avalanche de sugestões que desabariam sobre mim, em forma de cartas, telefonemas e até mesmo pessoas que me abordavam na rua, para dizer o que aconteceu a partir da chegada do cobrador. Alguns inventavam um desfecho mais estapafúrdio que o da própria história. Outros apelavam para a velha solução de que tudo não passara de um pesadelo. Outros mais davam o homem como ainda nu, à chegada do cobrador. Houve um que sugeriu versão mais condizente com os dias de hoje, segundo a qual não se tratava do cobrador da televisão, mas de um assaltante.

A PRIMEIRA VEZ que o nosso homem apareceu em pelo foi na revista "Manchete", já se vão muitos anos. Eu poderia depois ter escrito até a Divina Comédia, que não faria tanto sucesso como esta pequena peça de ficção.

Já perdi a conta do número de vezes que reapareceu desde então, em jornais, revistas e antologias, no Brasil e em traduções no exterior. Foi lida e relida pelo rádio, representada várias vezes na televisão (entre outros, por Jardel Filho e por Silveira Sampaio, ambos vestidos), e serviu de tema até para um "ballet".

Ampliei a história em *A Nudez da Verdade* (uma das três novelas do livro "Aqui Estamos Todos Nus"), na qual o homem foge, sem roupa para a rua e se mete nas maiores trapalhadas. Transformei-a em roteiro do filme dirigido por Roberto Santos, com Paulo José a maior parte do tempo como veio ao mundo.

Desde então muita água rolou, muito coisa mudou. Não me admiraria se hoje em dia ninguém se espantar mais ao dar com um homem pelado no meio da rua. Mulher nua, pelo menos, já está ficando de tal maneira banal, que me espantará ainda menos se em pouco tempo nós, homens, só ficarmos excitados ante a visão de uma mulher vestida.

Já dizia Machado de Assis, pela boca de Brás Cubas: "A nudez habitual, dada a multiplicação das obras e dos cuidados do indivíduo, tenderia a embotar os sentidos e a retardar os sexos, ao passo que o vestuário, negaceando a natureza, aguça e atrai as vontades, ativa-as, reprodu-las, e conseguintemente faz andar a civilização." (Com perdão do *reprodu-las* e do *conseguintemente*.)

Pois não é que Hugo Carvana repete o sucesso no cinema dirigindo magistralmente Cláudio Marzo em novo filme com o mesmo argumento? Como autor, me sinto nu dentro da roupa: confesso que não sei explicar esse surpreendente interesse, jamais despertado por qualquer outra história, a meu ver nem pior nem melhor, que eu haja escrito desde então.

É possível que o leitor — e no caso, o espectador — nela identifique, com pequenas variações, alguma experiência semelhante vivida por ele próprio — ainda que em sonho ou na imaginação, o que vem a dar na mesma. O pesadelo de se ver numa situação embaraçosa e ridícula: descalço no meio da rua, por exemplo, em trajes menores, numa festa, ou mesmo completamente despido à vista de todos. Expressão de uma angústia que quase todo mundo, desta ou daquela maneira, dormindo ou acordado, já experimentou pelo menos em alguma ocasião.

Há os que perguntam se o episódio se passou comigo ou algum conhecido — como se isso lhe desse uma dimensão extra.

Comigo, por acaso não foi. Se com alguém mais, não importa, na minha luta da fantasia contra a realidade. E a realidade só interessa se iluminada pela imaginação, para surpreender a verdade que ela esconde. Mesmo que uma história tenha sido vivida por alguém, ou pelo próprio autor, qualquer semelhança é mera coincidência: o que um escritor busca é a transcendência que dá sentido à fábula do ser humano, nu ou vestido, na sua aventura de existir. A nudez, no caso, poderia exprimir a própria angústia do homem de nosso tempo, "l'homme tracqué", de que nos fala Sartre (ou Camus, não estou certo): o homem apanhado na engrenagem de um mundo cheio de contradições e incapaz de aceitá-lo na sua verdadeira natureza.

Eça de Queiroz tinha razão: é "a nudez forte da verdade, sob o manto diáfano da fantasia", a que se referia o romancista português.

Freud explica — prefiro deixar para algum psicanalista a tarefa preeminente de interpretar o tragicômico episódio do homem nu: se tem alguma coisa a ver com a nossa atormentada procura da própria identidade, perdida neste mundo conturbado e hostil de nossos dias.

Ou, mais precisamente: o que é que tem o homem nu a ver com as calças.

CERTOS TÍTULOS CERTOS

Guilherme Figueiredo me diz ao telefone que vai publicar um novo livro. Acredito seja excelente, como tudo que faz. Pergunto qual o título escolhido.

— "Presente de Grego".

Estremeço nos alicerces. Inutilmente ele me explica que há no livro algumas referências à Grécia que justificam este título, sugerido por um amigo:

— Que é que você acha?

— Interessante — gaguejo.

Um autor feliz no conteúdo e infeliz nos títulos, eis o que eu realmente acho. Publicou um romance de qualidade com um nome que não é propriamente de seduzir o leitor: "Trinta Anos Sem Paisagem". Um ano ou dois, ainda vá, mas trinta! É uma vida inteira sem paisagem. E escreveu um estudo de psicologia aplicada, a que chamou pitorescamente "Tratado Geral dos Chatos" — ao risco de predispor o leitor a acreditar que chato fosse o livro e por extensão o próprio autor.

Minha estima por ele é maior que as conveniências. Volto a telefonar-lhe:

— Você vai me desculpar, mas esse seu título é um breve contra a leitura. Quem é que vai querer um presente de grego?

Ele não se emendou: depois do "Presente de Grego", publicou "Cobras e Lagartos".

Eu falava por experiência própria, mais como editor do que como escritor. Ninguém nega a importância do título na promoção comercial de um livro. Títulos com conotação negativa costumam dificultar a venda, afastando o leitor. Eu mesmo tenho alguns livros, nem melhores nem piores que os demais, cujos títulos os colocam em desvantagem, como "Lugares Comuns" ou "A Cidade Vazia".

Há quem tenha títulos ainda mais infelizes, pois sugerem maus trocadilhos. É o caso de "A Velha Chama", "Floradas na Serra", "A Vagabunda", "Como um Ladrão à Noite". O autor de "Como as Folhas da Amendoeira" passou a ser chamado de Bicho-da-Seda.

Às vezes a intenção é justamente a de despertar com títulos bem originais a perplexidade nos leitores. É o caso dos intrigantes títulos de Artur da Távola: "Alguém que Já Não Fui", "Me Vi te Vendo". Um amigo me falou na estranheza do diretor de um jornal, a propósito de um desses livros, chamado "Leilão do Mim".

— Não é do MAM? Museu de Arte Moderna?
— Não, é do mim mesmo.
— Que quer dizer MIM? Algum Ministério?
— Pronome oblíquo, primeira pessoa: quer dizer *eu*.
— Você?
— Ele, o autor. Leilão do mim: leilão dele.
— No Museu?
— Que Museu? O mim aí é ele próprio: leilão dele mesmo.
— Então devia ser *de* mim.
— Ah, isso devia, mas não é.

Diálogo semelhante mantive com Carlos Drummond de Andrade, quando ele se incorporou a esta galeria, com o título

"A Falta que Ama", que a nossa Editora Sabiá teve a honra de editar. Ainda me lembro a confusão mental em que fiquei, quando ele me levou os originais:

— A flauta que ama?

— Não: a falta — esclareceu com paciência.

— Ama, babá?

— Não: ama, verbo amar.

— Que amo, então.

— Não: que ama mesmo. Quem ama é ela.

— Ela quem?

— A falta.

— A falta que ama. Que diabo quer dizer isso? Não falta qualquer coisa?

— Quer dizer isso mesmo: a falta que ama.

Na realidade, o título se explica no poema com o mesmo nome:

"É a falta ou ele que sente
o sonho do verbo amar?"

O livro acabou sendo publicado como parte de "Boitempo" — um título expressivo, mas vamos convir que é também lá o seu tanto esquisito.

TIVE O PRIVILÉGIO de ser o primeiro a ler os originais do excelente romance de Clarice Lispector, cujo título ela pretendia fosse "A Veia no Pulso". Quando gracejei perguntando por que não centeio, trigo ou cevada no pulso, ela aceitou a minha sugestão de chamá-lo "A Maçã no Escuro", título da terceira parte do livro.

A partir da Editora Sabiá, andei mudando muito título de livro, com a grata concordância do autor, claro. O de Autran Dourado, que ia se chamar "História de Caça e Pesca", por sugestão minha acabou sendo "A Barca dos Homens", modéstia à parte um belo título de um belo livro. O que não impediu a irreverência de nosso amigo Hélio Pellegrino, que passou a gracejar conosco:

— Cuidado, que "A Barca dos Homens" pode encalhar...

O de Oswaldo França Junior é que ficou mesmo parecendo história de pesca, por haver insistido em chamá-lo "Um Dia No Rio", e não "O Dia da Caça", como eu queria. (O que, aliás, percebo agora, o transformaria em história de caça.)

Ele mesmo reconhecia que título não era o seu forte: vamos convir que não são dos mais expressivos "À Procura dos Motivos" ou "Aqui e em Outros Lugares" — este, aliás, um dos seus melhores romances. Antônio Houaiss certamente sugeriria chamá-lo "Algures e Alhures". O menos expressivo, porém, não sei se foi de inspiração dele próprio ou do editor, por ser de publicação póstuma: "De Ouro e de Amazônia" — um grande livro, diga-se de passagem.

Cyro dos Anjos aceitou a minha sugestão de batizar o seu livro de memórias "A Menina do Sobrado", em vez da verdadeira resenha bibliográfica que a princípio desejava: "Explorações no Tempo — Memórias — Santana do Rio Verde".

Um título com que o Rubem Braga implicava era "O Cão sem Plumas", do nosso editado João Cabral de Melo Neto:

— Cão nunca teve plumas — resmungava.

Em vão eu tentava argumentar:

— "Aquele rio era como um cão sem plumas". Quer dizer: era como um cão não ter plumas. Pode ser uma reminiscência do Lawrence, "A Serpente de Plumas"... Serpente também nunca teve plumas.

— Nada disso: João Cabral morou muito tempo na Espanha, fez confusão com o espanhol, escreveu *pluma* em vez de *pelo*. Cão sem pelos, era o que devia estar querendo dizer.

Ele próprio nem sempre foi dos mais felizes em títulos, apesar de alguns ótimos, como "O Conde e o Passarinho" e "Ai de ti, Copacabana!". Certa ocasião andou até querendo trocar o nome de um livro seu já publicado, e que ia criar problemas para a editora. Procurei consolá-lo, dizendo que o título não era tão ruim assim, havia certa sugestão de mistério, como o de um romance policial: "O Homem Rouco" (Na verdade, sugeria mais era anúncio de xarope.)

Ainda me lembro de uma roda no bar da ABI, já faz tempo, em que Lúcio Cardoso anunciou ter um título maravilhoso para o seu novo romance, só faltava escrevê-lo. Ao que Rubem Braga afirmou que também tinha um muito bom, com a vantagem de seu livro já estar escrito, era só escolher as crônicas. O romancista, erguendo os olhos e as mãos, revelou o seu título:

— "Do Outro Lado da Lua".

O cronista, a pedido dos demais, baixando as sobrancelhas e o bigode, disse modestamente o seu:

— "Um Pé de Milho".

Pois este mesmo cronista, não satisfeito, por pouco não torna a cair na lavoura, ao batizar seu mais novo livro, que acabou com o belo título "As Boas Coisas da Vida", graças à teimosia de dois amigos mais chegados:

— "Havia um Pé de Romã" — informou ele.

— Pé de romã? Por que de romã?

— É o título de uma das crônicas.

— Você já tem "Um Pé de Milho", agora vem com pé de romã. Por que não põe logo de laranja-lima, como o do José Mauro de Vasconcelos?

— O Braga está se especializando em literatura agrícola — Otto comentou.

Examinamos juntos os demais títulos das crônicas, a ver se descobríamos coisa melhor. Ambos sugerimos "As Boas Coisas da Vida", que ele acabou aceitando, depois de alguma vacilação: achava pretensioso. Havia, como alternativa, uma crônica chamada "Como se Fosse Para Sempre", que não era mau título — não fora o trocadilho com o verbo *comer*, sempre um perigo. E outra chamada "Lá Vamos Nós".

— Tem lá a sua graça — arrisquei.

— Tem — concordou Otto: — Mas só se for patrocinado por alguma lavanderia.

SILÊNCIO DE OURO

UM AMIGO MEU FOI submetido a delicada operação nas cordas vocais e teve de passar vários dias sem pronunciar uma só palavra.

Numa visita que lhe faço, encontro-o com a voz ainda meio apagada, mas já podendo me contar algumas de suas experiências durante esse regime de silêncio obrigatório.

Até aqui teve de se valer da escrita para se comunicar. Em geral escrevia bilhetes comuns, de ordem prática, fazendo uma pergunta, pedindo um copo d'água. Mas de vez em quando lá vinha um pensamento mais profundo, fruto de sua forçada incursão nos domínios do silêncio e da solidão.

A solidão, quando voluntária, é fecunda e benéfica. Acidental ou compulsória, é a mais negra das condenações, sendo o silêncio a sua única linguagem. Este pensamento não é dele, é meu mesmo — e aqui vai, porque ele me afirma que descobriu no silêncio uma nova dimensão. E justificou a sua vocação de escritor no seguinte bilhete para si mesmo:

"O silêncio pode ser de ouro, mas agora, queira ou não queira, eu tenho de escrever."

O que me pareceu uma conclusão um tanto óbvia, em se tratando de alguém que não podia falar.

Havia situações, porém, em que escrever bilhetes não atendia à sua necessidade de intervir nas conversas ao redor, emitindo apartes. "Aqui eu diria que também acho", pensava ele: "Ou então diria que esse caso é velho, não precisa contar, eu já conheço."

De vez em quando tinha ímpetos de mandar sua mulher calar a boca, não ficar interrompendo os outros a cada instante. Como, aliás, algumas vezes era ele quem sentia vontade de fazer.

Não podendo participar, limitava-se a sacudir a cabeça e exibir um sorriso que, na sua própria opinião, emprestava-lhe certo ar de idiota da família.

Escutando sem falar, descobriu que quase todo mundo fala sem escutar. O pior é que deu para sentir também certa satisfação em apenas pensar e nada dizer. "Falar é muito chato, bom é ficar pensando", escreveu num bilhete, que sua mulher interpretou como grave sintoma: era pensamento de quem poderia acabar sorumbático e caladão, quando recuperasse a voz — o que seria, no mínimo, um contrassenso. Ao que ele próprio esclareceu, mais explicitamente, noutro bilhete: "Fala-se muita bobagem, não se aproveita nada."

Ainda assim, espero que venha a falar tão logo possa, para que o feitiço não se volte contra o feiticeiro — no caso a mudez contra o mudo. A propósito, lembro-lhe a reação daquele mineiro (só podia ser), quando a esposa encerrou uma discussão dizendo que ele falava demais: jurou não pronunciar dali por diante uma só palavra durante um mês. E mudo ficou, a partir daquele minuto. Ao fim de alguns dias de intransigente cumprimento da decisão — coisa de maluco! —, ela houve por bem interná-lo numa clínica de repouso — eufemismo de hospício. O marido acatou a decisão no mais absoluto silêncio. "Ali dentro ele começa a falar mais cedo do que pretende", afirmou o psiquiatra da família, com quem ela se aconselhara.

E na última das visitas que lhe fez, enfrentando sua completa mudez no quartinho que lhe fora destinado, teve a surpresa de ser recebida por um churrilho de palavras, nem todas necessariamente amáveis. "Eu sabia que você ia acabar falando mais cedo ou mais tarde!", exclamou ela, vitoriosa. Ao que ele retrucou com a voz cândida que a prolongada mudez lhe proporcionara: "Não foi nem mais cedo nem mais tarde: conforme avisei, foi ao fim de um mês, que se completa hoje. Mas, sendo assim, daqui por diante não falo mais nada para sempre." E para sempre continuou mudo, internado no hospício até morrer.

Meu amigo protesta, soprando-me ao ouvido que esse caso não tem nada a ver com o dele: não é mineiro nem maluco, e está ansioso para voltar a falar normalmente. Ao contrário, teme que a voz lhe falte, quando chegar a hora de falar alto e bom som.

Procuro confortá-lo, citando ao acaso algumas reflexões alheias sobre o silêncio. Não o "dos espaços infinitos" que atemorizava Pascal, mas o de Epicteto, o filósofo grego — para quem Deus deu ao homem uma língua e dois ouvidos, a fim de que possamos ouvir os outros duas vezes mais do que falamos. Robert Louis Stevenson afirmou que as mentiras mais cruéis em geral são expressas em silêncio. William Hazlitt achava que as pessoas mais silenciosas são justamente as que têm a mais alta opinião sobre si mesmas. E segundo Hamlet — ou Érico Veríssimo — o resto é silêncio.

Alguns visitantes manifestam a descabida propensão para gritar, como se ele fosse surdo. Outros, mais raros, se veem estranhamente impedidos de falar, e gaguejam feito estrangeiros, fazendo caretas, acabam se comunicando apenas por gestos. Outros ainda, e em especial as mulheres, sabendo-o sem voz, tendem a sussurrar-lhe ao ouvido, como se seu mutismo significasse uma cautelosa reserva diante de ouvidos alheios.

Aos poucos ele vai entrando na fase do cochicho, que precede a readaptação da voz à tonalidade normal. Confessa-me que espera surpreender vários segredos neste período. A voz velada é capciosa, convida às confidências, sugere conversas insinuantes.

Ao despedir-me, sugiro-lhe de minha parte que se cuide, para não se ver na situação daquele outro afônico ao bater na porta e perguntar num sopro à mulher que veio abrir se o marido estava em casa. "Não está não", informou ela, também num sopro: "Pode entrar."

VAIDADES DO MUNDO

Há pouco tempo mencionei Matias Aires numa crônica, a propósito de escritores. Resolvi reler as suas "Reflexões Sobre a Vaidade dos Homens":

"A vaidade de adquirir nome é inseparável de todos os que seguem a ocupação das letras; e quanto maior é a vaidade de cada um, tanto é maior a sua aplicação: não estudam para saberem, mas para que se saiba que eles sabem."

Sem embargo da duvidosa concordância do infinito pessoal, o homem sabia o que estava dizendo. *Vanitas vanitatum, et omnias vanitas...* Acabei caindo direto no Eclesiastes: tudo é vaidade e aflição de espírito.

Nem tanto. A vaidade literária às vezes se reveste de certa inocência infantil que a torna compreensível e mesmo perdoável. Exemplos é que não faltam. Até o velho Machadinho, com todo o seu gênio, também tinha das suas. Numa crônica de 1892, afirmou com ar de gracejo não ser homem de recusar elogios: "amo-os, eles fazem bem à alma e ao corpo..."

Andei certa época indagando de vários acadêmicos as razões que os levaram a se candidatar. (Se, em contrapartida, me perguntassem por que jamais me passou pela cabeça semelhante pretensão, eu responderia, sem nenhum desdouro, repetindo Groucho Marx: não entro para clube que me aceita como sócio.)

Para surpresa minha, eram bem diversas as razões de cada um.

Guimarães Rosa, por exemplo, me falou longamente sobre a importância da Academia para a sua cidade natal, Cordisburgo: parentes e demais conterrâneos passaram a orgulhar-se por contar a cidade com um acadêmico.

Já Manuel Bandeira me disse que a Academia lhe dava oportunidade de conviver com velhos amigos. E era, além do mais, perto de sua casa — por assim dizer, uma extensão dela, como ponto de encontro, local para cuidar de sua correspondência, guardar embrulhos e outras comodidades. Não se esquecendo do mausoléu, para quando chegasse "a indesejada das gentes".

Abgar Renault afirmou que enquanto não viesse ele próprio a constituir uma vaga, a Academia lhe proporcionava algo de raro e precioso, qual fosse uma vaga para seu carro no centro da cidade.

João Cabral de Melo Neto teve razões de sobra para buscar a égide duma instituição respeitável como a Academia, na época em que suas convicções políticas poderiam trazer-lhe algum contratempo em face da ditadura militar instalada no poder.

Cyro dos Anjos foi mais sucinto.

— Que é que o levou a entrar para a Academia, Cyro?

O romancista mineiro pensou um instante e respondeu simplesmente:

— Vaidade.

Mais tarde me diria, com a singeleza característica das almas dignas, que a condição de membro da Academia Brasileira de Letras sempre lhe conferia aos olhos ignaros um ar de importância, ajudava a ser atendido com mais presteza num guichê ou mesmo a arranjar uma colocação para algum sobrinho.

DIZEM OS QUE conviveram com Jorge de Lima, que o poeta era sensível como uma criança aos louvores merecidamente despertados por sua obra. As más línguas afirmavam que ele, como médico, atendia de graça a jovens escritores, para induzi-los a escrever sobre sua poesia.

Seis vezes candidato à Academia (se não me engano, acabou entrando), numa delas pediu a Georges Bernanos, que morava então no Brasil, uma carta de recomendação a um acadêmico. O romancista francês o atendeu, não sem passar-lhe na própria carta uma descompostura por aquela mania de querer ser imortal.

Ainda há quem se lembre da sátira de Nelson Rodrigues — que era outro — a imaginar o poeta na calçada da Cinelândia, onde tinha o seu consultório, implorando de pires na mão à caridade pública:

— Um elogiozinho, pelo amor de Deus...

Certa ocasião Clarice Lispector estava à minha espera na antiga Confeitaria Americana, nosso habitual ponto de encontro no centro da cidade, quando um desconhecido se ergueu na mesa ao lado e se aproximou, chapéu na mão, dirigindo-se polidamente a ela:

— Sou o poeta Jorge de Lima — falou apenas.

Só faltou estender-lhe o chapéu, para recolher um elogio de tão bela mulher. Como Clarice, perplexa, nada dissesse, ele, com uma reverência, acabou se afastando.

Esta não foi a primeira vez que um poeta, deslumbrado, a abordou. Contou-me ela então, a propósito, o que lhe havia acontecido algum tempo antes na galeria de arte do Instituto dos Arquitetos, que era ali perto, num segundo andar da Cinelândia. Estava em visita a uma exposição de desenhos, se não me engano de Carlos Leão, quando um homem que não tirava dela os olhos, fascinado, de súbito atravessou a sala em sua direção, para declarar-lhe sem mais nem menos, com voz intensa:

— Eu te amo!

Era Vinicius de Moraes.

Passado o primeiro instante de pasmo, ela logo o reconheceu, pois o poeta, além do mais, vinha a ser colega de seu noivo no Itamarati. Ficou nisso: apenas selaram a amizade nascente ali mesmo, marcando para o dia seguinte um encontro. Na Biblioteca Pública.

Mário de Andrade achava justificáveis certas vaidades do escritor, quando nascidas de um sadio desejo de ver o valor da sua obra reconhecido e aclamado.

Em carta a Manuel Bandeira, ele fez este primor de confissão:

"De todas as minhas vaidades do mundo, uma há que me agrada, porque não é vaidade. É ver minha alma escondida, fazendo o Inteligente dançar."

Bandeira me contou um dia que em 1921 encontrou Ribeiro Couto radiante com o sucesso que vinha tendo o seu livro de estreia "Jardim das Confidências", publicado naquele ano. Confessou-lhe então que o invejava, pois já estava com 35 anos e seus dois livros publicados, "A Cinza das Horas" e "Carnaval", ficavam a léguas do sucesso que ele, Ribeiro Couto, havia conquistado com um só livro, aos 23 anos.

— E incompletos! — o outro fez questão de esclarecer.

No próprio Bandeira, que me confessou gostar de ser fotografado, surpreendi certa vez uma ponta do sentimento que ele pôs à prova naquela conversa com Ribeiro Couto.

Foi a propósito do busto que admiradores seus pretendiam erigir numa praça do Recife, como homenagem ao poeta conterrâneo. O então prefeito da cidade resolveu intervir: invocou um édito seu, aliás perfeitamente justificável, segundo o qual não eram permitidas na municipalidade tais homenagens, quando tributadas a pessoas vivas, por mais ilustres fossem. Os homenageantes reagiram, alegando que a lei só se referia à designação de ruas, praças e logradouros públicos; não falava em monumentos, estátuas ou bustos, que, em si, eram obras de arte.

A coisa deu em polêmica, cujos ecos transbordaram para os jornais de todo o país. Na época eu escrevia crônica diária no Jornal do Brasil, e tomei o assunto como tema de uma delas. Em carta aberta ao poeta, falei na situação constrangedora que a pretendida homenagem devia estar criando para ele, sujeito a ler notícias de discussões entre os edis de sua cidade natal, uns defendendo a homenagem para já, outros a impedindo em defesa do cumprimento da lei. Estes só faltavam esperar dele a delicadeza de morrer imediatamente para que a homenagem se desse sem maiores entraves. E eu citava aquela excelente crônica de Mário de Andrade contra tais homenagens, da qual me lembro toda vez que passo em frente ao seu busto de bronze, na praça da Biblioteca Pública de São Paulo:

"Um bronzinho magro, uns granitos idiotas. Quando muito a estátua servirá uma vez ou outra como ponto de referência ou marcação de randevu."

E terminava sugerindo que o poeta pusesse um fim em tudo aquilo:

"Sua obra o faz merecedor de um busto, não apenas no Recife, mas em cada cidade do Brasil. Se, porém, a rabugice do alcaide foi invocar contra você uma velha postura qualquer, o melhor é não dar confiança a essa gente, aceitar a homenagem e recusar o busto. Que se bustifiquem! Recuse o busto, Manuel."

Tanto bastou para que ele no mesmo dia me telefonasse:

— Você ficou maluco? Não é mais meu amigo? Está contra mim e a favor do prefeito?

— Não é isso... Bem, eu pensei que você não fizesse questão.

O poeta não deixou por menos:

— Não faço questão? Por favor, não diga uma coisa dessas! Não só faço questão, como não morro enquanto esse busto não sair.

Pois o busto acabou saindo, e ainda em vida do poeta: segundo me informam hoje, está no Recife para quem quiser ver, na confluência da Rua da União com a Rua do Riachuelo, não muito distante da casa onde ele nasceu. Na sua mensagem de agradecimento, constante do livro "Estrela da Vida Inteira", 11ª edição, o homenageado afirma que a lei só proibia dar o nome de pessoas vivas a ruas. Para esclarecer qualquer dúvida, acrescenta peremptoriamente:

"A lei que proíbe uma coisa proíbe só essa coisa e nenhuma outra."

E termina com uma referência ao seu famoso verso:

"Posso repetir agora que quando a indesejada das gentes vier buscar-me, encontrará cada coisa em seu lugar na minha vida, inclusive esta cabeça, que está e ficará no coração da minha infância, no coração da Rua da União."

O poeta estava com oitenta anos. E completos.

AS PEQUENAS COISAS

TENHO UM FRACO POR listas. Sou leitor (leitor é um modo de dizer) do "Book of Lists" de Irving Wallace e semelhantes. Quando não há nada melhor a fazer, faço as minhas listas.

Listas de tudo: das pessoas mais simpáticas que conheço, ou das mais chatas; dos livros que gostaria de já ter lido; dos melhores filmes que já vi; dos maiores músicos de jazz (uma lista para cada instrumento); das marcas de cigarro que já fumei; das estrelas de cinema da minha especial admiração. Só não cheguei a arrolar "as cem mulheres que amei", como fez o poeta-soldado Jésu de Miranda no seu livro com este título — não apenas por me faltar engenho e arte: reconheço modestamente que a minha lista é um pouco menor.

Gosto também de organizar times de futebol — hábito remanescente do processo mnemônico que eu adotava no ginásio, para estudos de decoreba em véspera de prova. Não só de jogadores mas de tudo mais.

Dos maiores escritores da literatura universal, por exemplo. A seleção russa é das que mais gosto, gente da pesada: no gol, Tolstoi; na zaga, Lermontov, Tchekhov, Turgueniev e Gorki; no meio de campo, Pushkin e Gogol; no ataque, Andreiev, Dostoievski, Maiakovski e Pasternak. Capaz de enfrentar a dos ingleses, composta só de poetas: Shakespeare é o goleiro; a linha de zagueiros é formada por Pope, Blake, Coleridge e Byron; Keats e Shelley no meio de campo; Tennyson, Donne, Browning e Manley-Hopkins, atacantes.

HÁ MUITO TEMPO não atualizo a lista mais fácil de todas: a das pequenas coisas que me desagradam e que tenho de enfrentar diariamente. Não aquelas obviamente desagradáveis para todo mundo, e que só encontram alívio num palavrão, como tropeçar numa pedra ou pisar em cocô de cachorro. Refiro-me às que despertam particular idiossincrasia neste ou naquele, variando de um para outro, cada qual tem as suas.

Aqui vão algumas das minhas:

A palavra "idiossincrasia". Compromissos marcados com mais de quatro horas de antecedência. Visita de mais de duas pessoas. Tampa da pasta de dentes. Responder cartas. Roupa sob medida. Compra à prestação. Rádio de táxi. Retirar gelo das fôrmas da geladeira. Esperar o que quer que seja, até mesmo pagamento. Travesseiro de espuma. Colchão de molas. Jantar à francesa. Ópera. Troco que empregada traz da feira, todo embolado e com várias moedinhas. Estória em vez de história. Qualquer espécie de farda ou uniforme. Banheiros em cor. Poltrona sem braços. Salas de espera. Vento. Bicho que voa, com exceção de passarinho. Colar selo em carta. Escrever. Arma de fogo. Ler originais. Qualquer negócio de compra e venda. Cortar unha, principalmente as do pé. Buzina. Luz fluorescente. Motocicleta. Poema lido pelo autor. Discussão. Copo de plástico. A frase "você está se lembrando de mim?". Óculos escuros. Guardador de automóveis. Sapato novo. Armário sobre a pia de banheiro. Banho frio. A frase "aceita mais unzinho só, foi feito em casa". Aquela musiquinha ao telefone, enquanto a secretária nos faz esperar, para dizer que o diretor não pode atender, "está em reunião". Telefonista que pergunta "Quem gostaria?" e, ao ouvir nosso nome: "De onde?" (Só me resta responder "da minha casa mesmo" — para não dizer "da Sociedade dos Escritores Anônimos".)

Algumas coisas desta lista podem causar estranheza: por que minha implicância com tampa de dentifrício, por exemplo? Porque ela escapole da mão, cai no ralo da pia, e é uma desgraça tentar tirá-la: procura-se um grampo, não se encontra... Já o armário de banheiro é aborrecido porque ao abrirmos a portinha de espelho sempre cai algum objeto lá de dentro.

São coisas insignificantes como estas que vão fazendo aqui e ali o meu inferno cotidiano. E estive longe de enumerar todas.

Não falei, por exemplo, que me desgosta emprestar livros, e isso mereceria uma crônica à parte: a irritação que me causa lembrar os que emprestei e nunca foram devolvidos.

E tem mais:

Jornal mal dobrado, já lido por alguém antes de mim, ser chamado de "cavalheiro", aquela mãozinha que o garçom esconde atrás das costas enquanto nos serve com a outra, guichê de banco, prato sobre os joelhos em jantar americano, veludo, chicletes, talher de peixe, cartão de visita, toalha de banho úmida, música alta em bar ou restaurante, passarinho em gaiola, manteiga gelada, filme dublado, brilhantina, dependurar roupa no cabide, casamentos, enterros, rosto no espelho pela manhã, encher canhoto de cheque, cinzeiro cheio, caixa de fósforos de cozinheira com mancha de gordura e cheia de fósforos usados, ser obrigado a comer um pedaço do bolo de aniversário, quadro torto na parede, conferências, despedida em aeroporto, avisos como "Seja breve", "Não importune os que trabalham", "Aguarde a sua vez", "Fiado só amanhã", meninos que pedem esmola nos cutucando na perna, carro de polícia emparelhado ao nosso, palavras como pública-forma, protocolo, contracheque, averbação, cadastro, prontuário, atestado, expressões como outrossim, destarte, sem embargo... A lista é infindável. Só me resta o consolo de saber que estas coisas existem porque tem gente que gosta.

EM COMPENSAÇÃO, faço outra lista, a das pequenas coisas que me agradam, e que compõem para mim, imperceptivelmente, isso que os mais otimistas chamam de alegria de viver:

Dia de chuva sem precisar sair de casa. Bater a mão na estante exatamente em cima do livro que estávamos com preguiça de procurar. O momento em que o avião toca no solo e se transforma em automóvel. Não precisar levar o filho ao futebol porque ele já vai sozinho e ter assim o domingo livre. Ir à cozinha e descobrir que haverá pastéis no jantar, comer imediatamente um ou dois. Carta que não exige resposta. Café servido sem que se peça, exatamente quando pensávamos em tomar. Ser reconhecido pelo garçom. Mudar os móveis de lugar, descobrindo uma arrumação muito melhor. Conseguir desfazer um compromisso sem precisar mentir. Ter tempo para se deter na rua e apreciar um camelô que faz mágicas. A parte do meio da torrada Petrópolis partida em três. Banco de praça ao cair da tarde. Balança de farmácia que nos dá uns quilos a menos. Igreja vazia. Pagar a última prestação. Quarto de hotel, à noite, quando se chega cansado da rua, cama arrumada e a colcha puxada em diagonal. Ler revista velha no banheiro. Filme de gângster com Humphrey Bogart ainda fazendo papel secundário de guarda-costas do bandido. Chegar atrasado e o espetáculo não haver começado. A frase "está tudo pago". Televisão (novela) sem som. Ar-refrigerado central. Ler na cama até dormir, mal conseguindo apagar a luz. Cinema sem fila, a plateia quase vazia. A frase "tenho uma boa notícia para você". Conseguir localizar nosso nome impresso sem precisar ler o texto que o acompanha. Descobrir que ainda é cedo, dá tempo de tomar mais um. Véspera de viagem para o estrangeiro. Não ter nada a ver com política partidária. Já ter lido "Guerra e Paz", "Odisseia" e "Dom Quixote". Descascar uma laranja com canivete e descobrir que é laranja-lima. Já ter feito a barba e tomado banho. Controle remoto de televisão, que permite não ver vários programas, trocando de canais o tempo todo. Não precisar fazer regime para emagrecer. Ter deixado de fumar. Poder beber à vontade. Circo com direito a pipoca. Não ter mais de fazer prova parcial. Chope com pressão depois da praia em dia de sol, tomado no balcão do botequim. Banana-maçã bem madura, na véspera de começar a atrair aqueles mosquitinhos. Não precisar mais olhar no dicionário para saber o que querem dizer palavras como jansenismo, energúmeno, taumaturgo, demiurgo, arrivista, agnóstico, hermenêutica, peripatético, maiêutica, epistemologia. (Por falar nisso, o que quer dizer mesmo *taumaturgo*?) Sabonete novo. Já ter ido (pela última vez) ao dentista. Água quente de aquecedor central. Gim-tônica à beira de piscina. Passarinho solto. Pretender chupar apenas uma manga carlotinha e dar cabo de meia dúzia, esperando que a seguinte seja tão boa ou melhor. Poder andar pela casa sem testemunhas, falando sozinho ou completamente nu. Poder sair sem se despedir. Já ter escrito. Fazer lista das pequenas coisas que realmente agradam.

POESIA E AMIZADE

Foi daqueles trotes caprichados, como usávamos então: credor cobrando dívida, reclamação de vizinho, ameaça de alguma autoridade, simplesmente algum chato, ou coisa ainda pior — não consigo me lembrar. Eram tantas as brincadeiras...

Só sei que deu para assustar, caí como um idiota. Mestre em disfarçar a voz, também nestas artes ele sempre foi bom. Seu talento não ficou só na poesia, sua imaginação criadora não se restringiu à literatura.

Afinal, vendo o efeito produzido — eu não podia mais de indignação ante a impertinência do interlocutor ao telefone — ele não resistiu e se denunciou, disparando a rir. Acabei rindo também, mas prometi vingança:

— Você não perde por esperar.

— Jamais ouvi falar em trote com aviso prévio.

— Pois será ainda hoje.

Não era fácil: estando ele prevenido, eu tinha de agir de maneira indireta, mediante interposta pessoa. Acabei escolhendo, como inocente útil, alguém de nossas cerimoniosas relações, também escritor — figura austera, acima de qualquer suspeita, a quem imediatamente telefonei. Não estando em casa, como eu previra, pedi que lhe transmitissem um importante recado: era Carlos Drummond de Andrade que desejava falar-lhe com a maior urgência, ligasse assim que pudesse. O mesmo recado foi deixado no jornal em que trabalhava, onde não havia chegado, e na livraria que costumava frequentar.

E aguardei os acontecimentos. Não podia falhar, eu cercara por todos os lados. Já imaginava o poeta, pensando que fosse eu, a descompor o outro, que além do mais tinha certa dificuldade de dicção, era meio gago — principalmente ao telefone. Um tanto cruel, no mínimo uma desconsideração para com alguém ilustre e digno, mas ia por conta da insensatez de minha juventude.

Pouco antes da meia-noite, já a expirar-se o prazo estabelecido, liguei para a minha vítima a fim de saborear o resultado da tramoia. Ele a princípio negaceou, dizendo que nada acontecera. O que me deixou encafifado, pois eu não tinha como apurar a verdade. Quando já me dava por vencido, eis que ele me diz secamente que eu havia passado dos limites, envolvendo naquela brincadeira de mau gosto uma pessoa com quem ele não tinha a menor intimidade, que merecia mais respeito — e desligou o telefone. Completamente aturdido, sem saber o que fazer, acabei lhe telefonando de novo, para pedir desculpas. Ele me atendeu às gargalhadas.

É DE ADMIRAR que sendo já naquela época também uma pessoa de respeito, escritor famoso, poeta consagrado, glória da literatura brasileira — tivesse ele tamanha disposição de espírito para semelhantes divertimentos, com um amigo vinte anos mais jovem. E no entanto o diziam sisudo, inabordável, fechado em si mesmo — fama advinda possivelmente da sua ojeriza às homenagens e honrarias de que se fez merecedor com a sua obra extraordinária. E talvez do ar esquivo ao andar pela rua, sempre apressado, braços colados ao corpo, sem olhar para os lados. Mas não se enganem! No filme-documentário que fiz sobre ele, conta que esta postura lhe adveio do tempo de colégio: os padres proibiam os alunos de andar balançando os braços. Os rapazes de uma pensão em frente à qual tinha sempre de passar costumavam mexer com ele: abana o braço, moço, abana o braço! Um dia abanou o braço, mandando uma banana para eles.

EU TINHA 17 ANOS quando me caiu nas mãos um exemplar meio esfrangalhado de um livro chamado "Alguma Poesia". Logo depois se seguiu "Sentimento do Mundo" que acabava de ser publicado.

Foi um verdadeiro impacto. Quer dizer que poesia podia ser assim? Não precisava ser feita de versos delicados e sentimentais, em geral rimados, para recitativos em saraus literários? Podia-se usar uma linguagem simples e direta, do dia a dia, com as mesmas palavras que ocorriam em nossas conversas? A descoberta da poesia de Carlos Drummond, para o grupo de jovens que juntos vivíamos intensamente a paixão pela literatura, significou a maneira mais eficaz de exprimir nossos anseios e inquietações. Sabíamos os poemas de cor e nos entendíamos por citações, incorporando seus versos à nossa gíria familiar: perdi o bonde e a esperança, volto pálido para casa, cismando na derrota incomparável, sem nenhuma inclinação feérica, com a calma que Bilac não teve para envelhecer, mundo mundo vasto mundo, se eu me chamasse Raimundo, seria uma rima não seria uma solução.

Até que chegou enfim o grande dia: o de conhecê-lo pessoalmente, assistido pela doce presença do poeta Emílio Moura, seu velho amigo e já nosso amigo também. Foi marcado o encontro com ele para um chope no Trianon, bar da turma na época em Belo Horizonte. Seguiu-se uma semana intensa de encontros diários, nos quais púnhamos em dia a nossa vivência literária. A partir de então, passamos a considerá-lo não apenas o poeta da nossa maior admiração, mas um companheiro mais velho, nosso amigo, nosso irmão.

Depois foi a troca de cartas e de produções literárias, durante anos de uma convivência que só fez encurtar a distância que nos separava no tempo. Já morando no Rio, acabei seu vizinho, de encontros quase diários, ou nos falando sempre ao telefone, com ou sem trotes. Um convívio em que ele manteve em mim, sempre renovado, o orgulho por acolher minha amizade e a gratidão por me haver revelado a poesia.

O ETERNO PRINCIPIANTE

"POR QUE AS PESSOAS sempre esperam que os autores respondam a perguntas? Sou um autor porque eu é que quero fazer perguntas. Se tivesse respostas para elas, eu seria um político."

Assim falou Eugène Ionesco. Não fosse ele um autor cujas peças levantam indagações sobre o que há de mais absurdo, contraditório e questionável na natureza humana.

O escritor que usa a imaginação escreve apenas sobre o que não sabe, justamente para ficar sabendo. De minha parte, pelo menos, só sei o que já escrevi. Não creio que seria um político se soubesse as respostas, mas um ensaísta, um professor, um técnico, um especialista, em suma: alguém dotado de conhecimento prévio do assunto sobre o qual escreve. A experiência pode fazer de um homem um *expert*, mas nada lhe acrescenta como escritor, senão a dificuldade cada vez maior de não se repetir. Um escritor está sempre começando, e isto é o que há de mais dramático em seu destino: ser um eterno principiante.

Diante disso, como exigir de um simples autor como eu que responda a perguntas? No entanto, não me fazem outra coisa; nenhum repórter, ou pesquisador, ou professor, ou estudante, ou leitor, ou mero curioso me procura para responder o que eu gostaria de perguntar.

NA ÁREA DOS ESTUDANTES, o fenômeno se generalizou. Vão chegando e ligando o gravador portátil, esse instrumento de constrição intelectual nas mãos de um entrevistador. E a partir de então, simplesmente não sabem o que perguntar, senão sobre este ou aquele dado biográfico mais elementar, encontrável em qualquer verbete de enciclopédia ou orelha de livro. As exceções são surpreendentes de tão raras. Em geral, jamais tiveram nas mãos sequer uma obra do autor a quem entrevistam, quanto mais enciclopédias. Se o procuram, é quase sempre por recomendação do professor, para complementar algum trabalho por ele encomendado.

E acontecem coisas meio despropositadas — como se deu quando aquele estudante de um grupo de trabalho me telefonou para marcar uma entrevista.

Fiquei meio alarmado ao saber que eram 18 e que viriam todos. Pois que venham! E me vi no meu pequeno apartamento cercado de meninos e meninas, amontoados no sofá e nas poltronas, sentados no chão, empoleirados como passarinhos até no parapeito da janela. Ligaram o infalível gravador, e nenhum deles sabia o que perguntar: começou o jogo de empurra, as gracinhas, os risinhos. Para acabar logo com aquilo, disparei a falar compulsivamente sobre o que me vinha à cabeça — não sei se entenderam alguma coisa mas deram-se por satisfeitos e foram embora.

Alguns dias depois me telefona um estudante do grupo de trabalho do mesmo colégio.

— Quantos vocês são? — perguntei, precavido.

Quando soube que eram 18, disse-lhe que me desculpasse, mas já havia atendido o seu grupo, lamentava que ele não tivesse vindo. Ele esclareceu que se tratava de outro grupo, informando, como se fosse a coisa mais natural do mundo: eram ao todo 180 alunos, que haviam formado dez grupos de 18, para não virem todos ao mesmo tempo. Fiz-lhe ver delicadamente que brincadeira tem hora.

AGORA ESTOU SENDO entrevistado por uma moça. Ela estuda jornalismo na Faculdade Católica de Filosofia, e tem de apresentar um trabalho que consiste numa entrevista. Veio acompanhada de um jovem que presumo seja seu namorado — embora hoje em dia nunca se saiba.

As perguntas se sucedem, com a genérica banalidade de todas as entrevistas: dados biográficos, livros publicados e pormenores que um bom profissional recolheria antes sobre o entrevistado. Ela tem pelo menos o bom gosto de não usar gravador. Limita-se a ouvir tudo com atenção, sem tomar nota de nada. Não me ocorre uma só frase de efeito, com a qual ela possa brilhar lá no seu curso. Tento me colocar no seu lugar, imaginando o que diabo ela poderia me perguntar que tivesse algum interesse.

Seu companheiro gosta de literatura, e em pouco estamos os dois, despreocupados, trocando impressões sobre autores e livros. E a moça agora ali calada, ouvindo tudo — a meu ver já considerando a entrevista por terminada. Mas de súbito seus olhos ficam maiores e ela desfecha uma última pergunta:

— O que você pensa da mulher?

O inesperado da pergunta me apanha desprevenido.

— A mulher, em geral — esclarece ela, me olhando firme nos olhos, como se com isso se colocasse fora da resposta, defendida pela neutralidade que lhe conferia o papel de repórter.

Olho para o rapaz e vejo que ele, solidário comigo, firme na sua condição de homem, espera também que eu diga o que penso da mulher. De sua parte já firmou opinião, definindo-se na escolha da que está a seu lado.

Fico a olhar esse casal de jovens à minha frente, confiantes no destino que os juntou, dispostos a enfrentar a aventura de viver. A mulher. Eu me sinto um ancião, enunciando para eles ideias convencionais sobre o papel da mulher na sociedade e sua missão de companheira do homem, mãe de seus filhos... Não é propriamente o que uma feminista militante esperaria que eu dissesse, mas é o que eles desejam ouvir, e concordam, inocentes, e imaginam, e se deixam sonhar, e se esquecem nesse instante de impressentida felicidade que estão vivendo em comum diante de mim. Eis que está cumprida a minha missão.

Mas não a dela:

— O que *você* pensa da mulher? — insiste.

Só que agora ela não é mais a estudante da Faculdade de Filosofia, a repórter que se forma num curso de jornalismo: é apenas a mulher — e eu, nisso também, um eterno principiante. Ela baixa pela primeira vez os olhos, na expectativa — não somente do que eu tenha a dizer, mas do que a vida lhe terá a dar.

Limito-me então a citar um verso de Vinicius de Moraes, especialista no assunto — e que ela, agora sim, toma nota cuidadosamente, redundando afinal no único e exclusivo material recolhido da entrevista:

— "Mulher — espécie adorável de poesia eterna."

MINHA NOVA NAMORADA

Tenho a informar que arquivarei a partir de hoje, espero que para todo o sempre, esta máquina de escrever na qual venho juntando palavras como Deus é servido, desde que me entendo por gente.

Não a mesma, evidentemente. Ao longo de todos estes anos, da velha Remington Rand, no escritório de meu pai, passei pela Underwood, a Olympia, a Hermes Baby, a Hermes 3.000, a Smith-Corona, a Olivetti, a IBM de esfera — algumas de mesa, outras portáteis ou semiportáteis. Todas mecânicas, com exceção desta última, que é elétrica.

Pois agora aqui estou, pronto a me passar para algo mais sério, iniciar uma nova aventura amorosa. Sim, porque, segundo me ensinou minha filha, que entende de ambos os assuntos, os computadores e as mulheres têm uma lógica que lhes é própria e que devemos respeitar. Pois vamos ver como esta computa — e nem o palavrão contido em seu nome sugere-me outra coisa senão que se trata de minha nova e casta namorada.

Assim como para o homem tudo se ilumina na presença da mulher amada, para o escritor este invento é uma forma igualmente luminosa de realizar a sua paixão pela palavra escrita. Não é uma simples máquina de escrever, que funciona como intermediária entre o escritor e a escrita, às vezes se tornando um obstáculo para a criação literária. Ao contrário, o computador estabelece uma surpreendente intimidade com o texto no momento mesmo de sua elaboração. Permite emendas, acréscimos, supressões, transposições de frases e parágrafos com uma facilidade milagrosa. Deve ter alguém lá dentro comandando tudo, provavelmente uma mulher — uma japonesinha, na certa. Ela dá instruções, chama nossa atenção se esquecemos de ligar a impressora, conversa com a gente: "Operação incorreta. Tente de novo." E quando dá certo: "Operação executada com êxito." Só falta acrescentar: "Meus parabéns. Eu te amo!"

Escrever, que durante tantos anos constituiu um tormento para mim, passará a ser um caso de amor. Nunca mais olharei sequer para a máquina de escrever. Serei radical: ou entregar-me a este conúbio com o computador, no suave embalo de suas teclas e no luzente sortilégio de suas letras, ou regredir à solidão do celibato, em companhia da austera e rascante pena de pato.

Imagino só a felicidade de Tolstoi, se pudesse ter escrito todo o "Guerra e Paz" com a mesma facilidade com que passarei a escrever esta crônica no computador.

Pois então lá vai (em homenagem ao amigo Gravatá, meu guru da Informática):

O mellor de um computador está nisso: poder
   torocar uma palavra a vo tade, mudar de ideia sem
mudar   o papel Sem usar   o papel   Uma
   das   vantagens   do computador è PODER
corrigir tuDO no fimmmm. Nã precisa decaneta
   Máquina de escrever e canheta já eram. Numcom puta
dor o sonho de um escritor se realiza: o da perfeição

sbsoluta de uma semntença, graças à facilidade em, mu
dar palavras, cortar, acrescentar. O sonho do escritor e
de toda a humanidade
O SONHO DA HUMANIDADE DE
ATINGIR A PERFEICAO atingir a perfeição
A perfeição que a humanidade sonha em atingir Sonha
atingir Que o homem sonha alcançar conseguir realizar
Muita gentye fica admirada ao percebner a facilidade
com que Muita gente se admira com a facilidade
Muitos leitores se admirão com a aparente facilidade
com que escreverei fraes quae perfeitas escrevo sentenças
textos quase perfeitos depois que abandonei troquei a
máquina de escrever esta sim uma engenhoca de tração
animal por esta fabulosa invençção
esta prodigiosaº admirável estupenda assombrosa
espantosa m,iraculosa, extraordinária maravilhosa
até parece que os sinônimos fabulosa ocorrem com
mais faci-lidade sem precisar consultar dicionários d
sinônimos, Desde que é mais fácil revisar e editar um texto
computado? computorizado computadorizado do que
escrito a mÀQUINA OU A MÂO torna muito
extremamentedifícilimpossível
parar de revisaeeditarosuficientepara resultar çuma frase
legível quanto mais uma crônica sobre a nova namoradda
POISStãa pois então vai assim
meso!!!#@@***boa x.sorte procês.................

QUEIJO DE MINAS

Não sei se falávamos em Minas ou em queijos. O certo é que logo o assunto eram os queijos de Minas, pelos quais ninguém escondia sua predileção. Marco Aurélio Matos, como bom mineiro, então houve por bem acrescentar à conversa alguns subsídios sobre a fabricação de queijos em sua terra.

E contou que um coronel Fulgêncio, dos mais prósperos capitalistas do município, resolveu um dia incrementar a indústria de laticínios, começando por organizar uma cooperativa para a fabricação de queijos.

O produto não era mau, e ia encontrando fácil colocação. Chegava mesmo a ganhar certa fama, como dos melhores daquela zona. E ia tudo no melhor dos mundos para os queijos do coronel Fulgêncio, quando um dia outro próspero cidadão do lugar, um Dr. Vadico, que gozava do prestígio de já ter ido mais de uma vez à Europa, veio botar água na fervura. O coronel lhe perguntou por que não acreditava na cooperativa, orgulho da indústria local, esquivando-se de investir um tostão sequer em suas ações.

— Dinheiro bom em coisa boa — fez Dr. Vadico, com ar aborrecido.

— Como assim? — estranhou o coronel: — Então nosso queijo não é coisa boa?

— Queijo de Minas? Quá...

— E daí? Você queria que fosse queijo de onde?
— Queijo suíço. Tudo mais é bobagem.
O coronel Fulgêncio cada vez mais intrigado:
— Queijo suíço? Você quer dizer fabricado na Suíça?
— E por que não? — Dr. Vadico deu de ombros: — Aqui ninguém é capaz de fabricar como lá. Se o senhor quiser, eu mando buscar um, só para o senhor ver.
— Eu gostaria — desafiou o coronel.
Logo corria o boato pela cidade que o Dr. Vadico mandara buscar na Suíça um queijo capaz de pôr no chinelo a produção inteira do coronel Fulgêncio. O tempo ia passando, todo mundo comentava, uns acreditavam, outros não:
— Dr. Vadico está de conversa ... Queijo suíço mais aonde!
— Qualquer hora dessas chega, vocês vão ver — afirmava ele.
Um dia, afinal, o chefe da estação veio avisar afobado que tinha uma encomenda para o Dr. Vadico, vinda do estrangeiro. O caixote foi removido com presteza para a casa do destinatário, mas nem bem transpusera o portão era cercado pela curiosidade geral. Dr. Vadico resolveu abri-lo ali mesmo, para que todos vissem. Alguém surgiu com um martelo e um formão.
— Avisem ao coronel Fulgêncio.
— Já foi avisado. E evém ele ali.
Abriram caminho para que o coronel se aproximasse. Dr. Vadico, sem paletó, mangas arregaçadas, retirava ele próprio a tampa do caixote. Depois removeu a palha que condicionava a encomenda, o papel de seda que embrulhava o queijo. E saltou logo aos olhos de todos um queijo amarelo, gordo, suculento.
— Vamos ver, vamos ver — o coronel cabeceava, com um sorriso cético.

Dr. Vadico, muito sério, tirou do bolso o canivete e enterrou-o no queijo. Cortou uma talhada, espetou-a na ponta da lâmina e, como um esgrimista em desafio, estendeu-a ao outro:

— Olha aí: prova, coronel.

O coronel olhou ao redor, viu que todos esperavam sua reação. Tomou então o bocado de queijo, rodou-o nos dedos com olhos irônicos e finalmente levou-o à boca. Deu uma mordida, degustou um pedaço em mastigadas lentas. Os olhos de todos aguardavam seu pronunciamento, que viria reafirmar a indiscutível supremacia do produto local. O coronel ficou imóvel, consultando com a língua o próprio paladar. De súbito, num impulso de probidade glutônica, estalou os beiços, arrebatado, sacudiu a cabeça com entusiasmo:

— Eta queijinho bom!

Tanto bastou para que a indústria local periclitasse: as ações daquele dia em diante caíram vertiginosamente e a partir de então a cooperativa de queijos foi por água abaixo.

QUER SER INGLÊS?

VOCÊ QUER SER INGLÊS? Inglês não é só aquele que nasce na Inglaterra. Quem nasce na Escócia é escocês, quem nasce no País de Gales é galês. Pois para nós é tudo inglês, ou seja: um ser fleumático, exótico, estrambótico, que fuma cachimbo, usa chapéu-coco e marca encontro para daí a dois meses às doze horas menos dez.

Meus três anos e tanto de Inglaterra absolutamente não me habilitam a dizer com segurança o que vem a ser um inglês. Certa ocasião uma revista me encomendou um longo artigo sobre o assunto. *Em Londres. Como os Ingleses* em "Deixa o Alfredo Fala!" Ao fim de doze páginas, tive de concluir que ser inglês não era apenas ter nascido numa ilha cercada de *fog* por todos os lados: era um estado de espírito, a meio caminho entre o mineiro e o oriental.

Se você quiser ser inglês, comece por acompanhar meticulosamente o andamento das quatro estações do ano. Quando alguém reclamar contra o frio, sorria, dizendo que isso não é nada, o inverno passado foi muito pior. E no dia em que o calendário marcar o começo da primavera, mesmo que faça um frio desgraçado, saia para a rua ostentando uma expressão da mais pura felicidade. Respire em largos haustos o ar poluído pela fumaça dos automóveis e vá dizendo a todo mundo, a título de cumprimento:

— Mas que lindo dia de primavera, não acha?

Esta é uma espécie de senha britânica para o exercício da convivência, para o cerimonial de um respeitoso entendimento entre os homens. Isto é ser inglês.

Mas é também não ter pressa. O inglês morre de velho, porque não tem pressa nem para morrer. A paciência é a virtude capital a ser praticada. Sua impassibilidade diante da premência do tempo e das incertezas do futuro chega a dar impressão de que ele se julga eterno. Se você quiser ser inglês, seja eterno: empenhe o seu futuro. A sua agenda de bolso deve ser um verdadeiro rosário de encontros, visitas, jantares, viagens, planos para o ano inteiro e às vezes para o ano seguinte. Até lá, onde estará você? Estará vivo? Será a mesma pessoa? Pouco importa: vá estabelecendo à sua frente uma série implacável de compromissos com dia e hora marcados, ainda que com isso você consuma todos os minutos que lhe restem de vida.

E cumpra fielmente aquilo que sugeriu ou aceitou, por leviana delicadeza brasileira. Inglês não brinca em serviço: pessoas que você mal conhece atenderão com impávida presteza sua sugestão apenas amável de se tornarem a ver qualquer dia desses: puxam logo o lápis e a cadernetinha para anotar a data, a hora e o lugar. Foi assim que me vi tomando cerveja com o corretor de imóveis que me alugou uma casa; foi assim que recebi, por haver sugerido, a visita de um vizinho que nada tinha a ver comigo.

Conceda um gesto, uma palavra, uma sugestão qualquer de pura amabilidade, e logo o inglês o pega ao pé da letra num compromisso qualquer, para proporcionar-lhe amabilidade igual. Você não poderá morrer, nem ao menos adoecer, nem distrair-se pelo caminho: na esquina de cada dia de sua vida haverá sempre um atencioso inglês à sua espera, contando os minutos.

Não lhe peça uma informação, a menos que queira mesmo perder tempo em ser informado. Certa vez perguntei a alguém numa rua de Londres onde ficava determinado lugar e, depois de ser orientado, recebi de meu informante esta surpreendente garantia:

— Não lhe posso jurar que esteja certo. Vou ficar esperando aqui durante doze minutos: se não encontrar, volte, que assumirei toda a responsabilidade.

Em Cambridge, foi um custo livrar-me de um ciclista a quem perguntei, ainda indeciso se ali passaria a noite, qual o melhor hotel da cidade. O homem só faltou me transportar até lá na garupa de sua bicicleta.

Não é nada fácil ser inglês: você terá, antes de mais nada, de habituar-se à troca de salamaleques a que o inglês nos submete. Um professor de Oxford que me convidou para tomar um drinque está me pedindo desculpas até hoje porque foi servido primeiro. Se você quiser ser inglês, trate de aprender a falar *please*, *excuse me* e *thank you* de dez em dez segundos. Por isso a tradução dos diálogos de romance inglês sai tão convencional. São mais do que procedentes, e extremamente úteis, aquelas frases idiotas das lições de inglês do método Berlitz.

EM MATÉRIA DE mulher, o inglês acaba onde o brasileiro começa. Aquele *não* da brasileira, que pode ser um *talvez* ou mesmo um *sim*, e que é sempre o princípio de uma boa paquera, significa para o inglês o fim da conversa que ele não chegou a passar. Então não se faz o negócio, fica o dito por não dito, e estamos conversados.

Mas o inglês costuma também começar onde o brasileiro acaba. Continua sendo aquele marido da anedota que, na noite de núpcias, pede delicadamente à mulher:

— *Put yourself in the matrimonial position, if you please.*

Sem levar a extremos o senso prático que tornou lendária a sua fleuma, ainda assim o inglês se coloca em relação à mulher no lugar onde a relação em geral é praticada:

— Você sabe qual é a minha ideia de paraíso? — perguntou um deles a uma jovem carioca minha amiga, de passagem por Londres e que acabava de lhe ser apresentada.

— Não — respondeu ela: — Qual é a sua ideia de paraíso?

— É ir para a cama com você.

Declaração que seria ofensiva, se enunciada com um palavrão e antecedida daquele circunlóquio do português, pedindo licença antes: "Posso fazer-lhe um galanteio?" A cama assim diretamente referida significava apenas, em termos britânicos, que ele desejava amá-la e que lhe daria uma satisfação paradisíaca, desde que tal se passasse em lugar adequado. Mas ela se mostrou ofendida, e com isso deixou de ir para o paraíso do inglês — o que foi uma pena, pois, segundo me confessou depois, no fundo não queria outra coisa.

Na verdade o inglês não dirige galanteios: vai direto ao que interessa, como na proposição de um negócio: com ele é pão, pão, queijo, queijo. Às vezes fica sem pão, às vezes fica sem queijo.

O inglês não conhece o pão de queijo.

PARA MELHOR entendimento da sua conduta em relação à mulher, busquemos antes entender o que vem a ser um inglês. De outra maneira não chegaremos sequer a saber como ele e ela se entendem — que dirá saber como fizeram da Inglaterra um país superpovoado.

Já vimos que ele não é de paquerar, pelo menos na lídima expressão do vocábulo. Dificilmente se encontraria, mesmo, no idioma de Shakespeare, palavra que correspondesse fielmente a este verbo tão conjugado no Brasil de nosso tempo.

Em matéria de mulher, como em tudo mais, que diabo é, então, ser inglês?

É, antes de tudo, uma arte. E uma arte que não se aprende apenas dizendo *please, sorry* e *thank you*. Nem usando bigodes de guia, chapéu-coco, colete, cachimbo e guarda-chuva. Há sempre qualquer coisa que subverte a compostura de sua atitude, tornando-a original e insólita. O inglês não é apenas um homem de meia-idade que gosta de críquete, joga golfe aos domingos, come torta de rim e bebe cerveja quente. Não é à toa que os Beatles são ingleses. E os rapazes cabeludos de Piccadilly Circus, os jovens de roupas exóticas de King's Road. Como também não deixa de ser inglês aquele cidadão que andou estrangulando mulheres em Notting Hill, depois de despi-las — o que dificilmente poderia ser considerado uma forma de paquerar.

E que monstros de delicadeza! Não batem em mulher nem com uma flor — a não ser que se torne absolutamente necessário. Perto dele você se sentirá mal-educado, subdesenvolvido, índio ainda não descoberto, egresso da pedra lascada, vivendo na mais completa avacalhação. E são monstros de ironia também. A mulher fica logo desconfiada: esse cara está me gozando. E não sendo inglesa ela própria, restará sempre a dúvida se o convite para jantar implica em cama de sobremesa. O que é um erro, porque o inglês deixa sempre bem claro também o que ele quer comer primeiro.

A MULHER INGLESA não tem nada disso. Ou, se tem, o inglês ainda não descobriu. Algumas são lindas — e ali na Bond Street, por volta das seis horas da tarde, desfilam as mulheres mais deslumbrantes que em vida nos foi dado contemplar. Não importa que muitas sejam suecas, italianas e francesas — são modelos das casas de modas de Londres, o que as faz inglesas para sempre. E as jovens pra-frente de Chelsea, suas roupas exóticas, algumas vestidas como homens. E a própria rainha, mulher também, até prova em contrário. Mulheres inglesas, todas elas — mesmo as donas de casa, envelhecidas precocemente no trato diário de conferir o troco ou de cuidar de seus cachorros. Têm em comum com as demais uma geral insuficiência de peitos e nádegas, que junto a uma mulher latina faz a diferença entre um estrado de madeira e um colchão de molas. Não são frias — muito embora o frio ambiente: sua indiferença aos prelúdios do amor torna perfeitamente dispensável a paquera propriamente dita. Indiferença que só se desfaz quando o amor fala mais alto — ou quando a pátria assim o exige. Esta a razão pela qual Georges Bernanos, para defini-la, contava aquele conselho que a mãe inglesa deu à filha na véspera do casamento:

— Eu e seu pai já passamos por isto. Sei que será difícil para você, minha filha, mas não tenha medo: na hora, feche os olhos e pense na Inglaterra.

Se você quiser ser inglês... Não queira: ele é tão civilizado que no fundo o admira e gostaria de ser como você.

ADIVINHE O QUE ELE FAZ

HAVIA UM PROGRAMA de televisão no Rio que consistia numa espécie de adivinhação: alguns cidadãos se expunham ante uma comissão de convidados especiais para que estes descobrissem a profissão de cada um.

Não era fácil: aconteciam os maiores disparates, como um professor de filosofia ser tomado por um garçom ou um almirante reformado, por um farmacêutico. Mas às vezes alguém acertava.

É deste programa que me lembro, ao ler por acaso uma lista das categorias profissionais que a Prefeitura do Rio de Janeiro resolveu dispensar do pagamento do imposto sobre serviços: o custo da cobrança é maior do que a arrecadação.

Algumas destas profissões ninguém jamais descobriria:

— Vamos ver este senhor aqui, qual a profissão dele.
— Guarda-vidas?
— Bombeiro?
— Marceneiro?
— Nada disso: é um buteiro.

Deixo por conta do leitor ir ao dicionário para ver o que é **um buteiro. Teria de olhar** também o que faz um cordador, se não for um fazedor de cordas, como presumo (não resisto e vou ao dicionário: o Aurélio não registra).

O calafate, não é difícil saber o que ele faz: qualquer coisa relativa a assoalho, deve ser o homem que calafeta o chão e outras gretas. Daí não passo: para mim é apenas o nome de um bairro de Belo Horizonte.

Não será difícil também imaginar que um calceiro é o homem que faz calças, mas e o calceteiro? É o que faz calcetas? Pois este também está dispensado do imposto.

Acho impossível é olhar para um sujeito e descobrir que se trata de um caseador, ou seja (presumivelmente) o homem que faz casas, não é isso mesmo? Só que de botão e não de morar.

O carvoeiro é fácil: o homem do carvão. Mas e o cavouqueiro, que diabo faz ele? O cerzidor, evidentemente, é o que cerze (ou cirze?) roupas, até aí tudo bem. E chanfreador? É o que chanfra?

Eis no que dá a ignorância vocabular: posso saber o que vem a ser um chapeleiro, um confeiteiro, um copeiro, um cabeleireiro, até mesmo um correeiro (faz correias?) e outros profissionais da letra C. Não há, porém, nada que me faça adivinhar o que venha a ser um colportor missionário. Colportor, e ainda por cima missionário! Esta palavra tem ar de erro tipográfico. Muito menos sei o que é um crocheteiro — a não ser o homem (?) que faz crochê, aqueles sapatinhos para bebês.

Outra profissão também isenta do imposto é a de demarcador de quadras de esporte. Se na letra C encontrei o carregador, na letra D me aparece o descarregador, duas profissões distintas. Me faz lembrar o requinte a que chegou semelhante distinção na civilização norte-americana: quando eu morava em Nova York ficava surpreendido por haver lá companhias de lavadores de janela do lado de dentro e companhias de lavadores de janela do lado de fora.

Doceiro é o que faz doces. Um doce para quem adivinhar o que faz o duteiro: dutos? Já na letra G, gandula é uma profissão esquisita que se popularizou graças ao futebol: a do garoto que apanha a bola fora do campo. Só que no tênis ele se chama boleiro e no golfe continua sendo *caddy*, em inglês — ao que me consta não há tradução.

E o gasista? Lida com gás, não tem dúvida, mas de que maneira? Consertando o fogão e o aparelho de aquecimento do banheiro? Este geralmente é conhecido apenas como "o homem do gás". Bem que Ivan Lessa observou que no Brasil todo mundo vive às voltas com um homem:

— Mamãe, o homem da televisão está aí.

— O homem das cortinas ficou de vir hoje.

— Chama o homem da geladeira que a nossa não está gelando.

A nenhum deles agradaria ser o televisionador, cortineiro, geladeireiro. Certamente cada um prefere ser o homem mesmo.

Tem também o magarefe, outro nome engraçado, pelo qual é conhecido o açougueiro, como todos (?) sabem. O que não sabem é que existe uma profissão, que verifico ser também isenta do imposto sobre serviços, denominada "motorista de transporte de carga em veículos de terceiros".

Já na letra T, o tricoteiro, como o seu colega crocheteiro: é aquele que faz tricô?

Pena que algumas categorias profissionais não constem da lista de isenção do imposto, como por exemplo:

Caloteiro — consertador de calotas de automóvel.

Fornicador — consertador de fornos.

Fricoteiro — aquele que faz fricotes: biscoitos de araruta, torcidos e quebradiços, também conhecidos por "quebra-quebra".

Há outras, mas vamos ficando por aqui.

MENINO DE RUA

Eram dez e meia da noite e eu ia saindo de casa quando o menino me abordou. Por um instante pensei que pedia dinheiro. Cheguei a lhe estender uma nota, ele pareceu surpreendido mas aceitou.

Usava uma camisa velha e esburacada do Botafogo. O calção deixava à mostra as perninhas finas que mal se sustinham nos pés descalços. Era moreno, com aquela tonalidade encardida que a pobreza tem. Segurava uma pequena caixa de papelão já meio desmantelada.

— Que é mesmo que você pediu? Não foi dinheiro?
— Uma coberta.
— Uma coberta? Para quê?
— Pra eu dormir.

Realmente estava frio, mas onde ele queria que eu arranjasse uma coberta? O jeito era voltar em casa, descobrir uma coberta velha, trazer para ele.

Foi o que fiz: apanhei uma colcha já usada mas ainda de serventia e lhe trouxe. Ele aceitou com naturalidade, sem me olhar nos olhos. Não parecia ter mais de nove anos, mas me disse que já tinha treze.

— Onde é que você dorme?
— Num lugar ali — e fez um gesto vago para os lados da Praça General Osório.

— Dorme sempre na rua? Não tem casa?
— Tenho.
— Onde?
— Em Austin.
— Onde fica isso? É longe daqui?
— Não é não. Fica no Estado do Rio.
— Por que você não vai pra casa?

Ele mordeu o lábio inferior, calado um instante, mas acabou respondendo:

— Mamãe me expulsou.
— Por quê? Alguma você andou fazendo.
— Não fiz nada não — reagiu ele, de súbito veemente: — Minha irmã é nervosa, quebrou o vidro da televisão e disse que fui eu. Então minha mãe me expulsou.
— Quando foi isso?
— Tem quase três anos.
— Três anos? E você nunca mais voltou?
— Voltei não.
— Como é que você viveu esse tempo todo? Que é que você come?
— Peço resto de comida.
— Para que serve esse papelão?
— Pra cobrir o chão de dormir.
— Você tem algum amigo?
— Não gosto de amigo não. Amigo faz trapalhada e a gente é que acaba preso.

O nome dele era Carlos Henrique.

— Volta pra casa, Carlos Henrique.

E fiz uma pequena pregação: mãe é sempre mãe, ela devia estar sentindo falta dele. Melhor em casa que ficar por aí na rua, sem ter onde dormir. A mãe trabalhava em Nova Iguaçu, ele me havia dito, devia viver da mão para a boca, mas ainda era para ele a melhor solução. Não tinha nem nunca teve pai.

— Você sabe ir até lá?

— Sei. Vou de ônibus até a Central e lá pego o trem até Austin.

— Então vai mesmo, hein?

Ele prometeu ir assim que o dia clareasse. Para isso dei-lhe mais algum dinheiro e ele se afastou, com sua colcha e seus pedaços de papelão, esgueirando-se pelos cantos como um ratinho.

Não acredito que tenha ido. Certamente continuará rolando por aí mesmo, mais dia menos dia transformado em pivete, se exercitando na prática de pequenos furtos, em que, pelo jeito, ainda não se iniciou.

E se por acaso voltarmos a nos encontrar daqui a uns poucos anos, não me resta nem a esperança de que me reconheça e não me mate — pois seguramente e com justas razões já terá se tornado assaltante.

QUANDO ESTE TEXTO foi publicado, recebi carta de uma "fã e leitora assídua" criticando, em termos delicados mas discretamente agressivos, meu comportamento em relação ao menino: "uma atitude denunciadora do óbvio, pois todos nós estamos cansados de saber que menores abandonados serão futuros pivetes..." E me interpelava: "Por que só arguições, dinheiro, conselhos que não serão seguidos? Por que não uma atitude mais concreta? Afinal, você pertence a nossa *intelligentsia*, tem acesso a todas as camadas sociais e políticas. Por que não usar do seu prestígio para conseguir um colégio, um orfanato, enfim, um lugar para acolher esse ser carente, não só de coberta, mas sobretudo de Amor?"

Depois de informar que ela própria já havia ajudado alguns garotos, encaminhando-os a orfanatos, creches, empregos, através de seus conhecimentos pessoais, encerrava a carta afirmando que "jamais deixaria uma criança esgueirar como um ratinho, tendo nas mãos apenas uma colcha e não uma Esperança".

Em resposta, enviei-lhe uma carta, concordando integralmente com suas palavras e reconhecendo nada me haver ocorrido no momento senão escrever sobre o menino, como era de meu ofício, e fazer do episódio uma denúncia da ordem social iníqua em que vivemos. Eventualmente poderia servir também para tocar consciências sensíveis como a dela, provocando-lhe o generoso impulso de me escrever para despertar a minha que, sem dúvida, devia andar mesmo meio adormecida. Por isso agradecia sua carta, franca e oportuna, certamente um estímulo para procurar dali por diante seguir o seu exemplo.

Posso não ter seguido — mas voltando aqui ao assunto, alertando outras consciências, pelo menos continuo cumprindo humildemente a minha tarefa como escritor.

A MULHER DE MEUS SONHOS

Houve uma época em que ela insistia em se infiltrar na trama sentimental de meus melhores sonhos.

Bem, Deus é testemunha de que nunca encontrei explicação para tal extravagância onírica, que me impregnava o sono com uma regularidade capaz de adormecer o psicanalista mais atento. Jamais confiei a nenhum deles estes meus sonhos, exatamente pela prerrogativa de continuar sonhando. Contava poder dormir cada noite na alegre esperança de novo encontro. Diga-se de passagem que nada de menos puro acontecia, senão que vivíamos juntos uma aventura afetiva, com todo o empenho espiritual de um amor plenamente correspondido.

Em estado de vigília o seu nome, fotografia ou mesmo filme em que atuasse não me despertavam maior interesse. Nada havia na vida real capaz de justificar o enlevo que me trazia a simples lembrança de nosso último encontro, vivido durante o sono.

O que me interessava era o sonho, era a projeção de mim mesmo, a fantasia, o mito fugidio, a visão intangível — ideal de perfeição feito mulher, nascido da mais pura necessidade de amar e ser amado. Eu me apaixonara por um fantasma.

Agora ela veio ao Brasil — e perdi essa magnífica oportunidade de vê-la, completamente acordado. Procuro consolar-me com a pretensão de que afinal de contas ela, como criatura de meus sonhos, também perdeu uma oportunidade de conhecer o seu criador.

Modéstia à parte, a minha atuação com ela em sonhos nada ficava a dever à de vários grã-finos desta praça, que a acompanharam às boates, com ares de gigolô em perspectiva. Num dos sonhos, passeamos de caleça em plena Avenida Rio Branco. Noutro, ela se hospedou na minha casa, tomou-se de amores por mim e...

Alguns anos atrás, a possibilidade de vê-la ao vivo talvez me excitasse como um adolescente, ante a figura dos seus melhores sonhos de amor. Mas não sou adolescente e forçoso é reconhecer que ela muito menos. Sua presença física, por mais perene seja a beleza com que ela vem desafiando o tempo, é grotesca por demais para corresponder à perfeição com que meu subconsciente a idealizou.

O segredo de sua beleza acabou não sendo segredo nenhum: é o cuidado de não se deixar fotografar de perto, nem sob a luz dos "flashes", nem em determinados ângulos; ou a preocupação em esconder as mãos dentro das luvas ou as rugas do pescoço ante a indiscrição das câmeras. Quem a viu não pôde deixar de reconhecer que ela deve ter sido encantadora, e ainda é bastante fotogênica. Mas já parece atingida pelas marcas de uma velhice que poderia ser aceita — e que ela tenta obstinadamente ocultar sob o disfarce de uma eterna mocidade há muito já extinta. Melhor que aparentasse de uma vez a idade que tem e se conformasse com sua condição de avó. Fosse cuidar dos netos e encerrasse sem ilusões uma longa carreira de sucessos, abrindo-se num sorriso franco e revelando os sulcos do rosto, que não são vergonha para ninguém.

Dificilmente ela conseguirá ainda sugerir nos respeitáveis gambitos a sensualidade das pernas de outrora. Ou iludir o mais otimista de seus admiradores, com o corpo já murcho sob a enganadora transparência do vestido. O cuidado profissional com que se esmera nas suas apresentações em pouco já não será suficiente para ocultar a ação do tempo. Ninguém acreditará no simulacro de beleza que ela tenta recompor, em detrimento da outra beleza, mais subjetiva, que deveria desabrochar: a de uma vida realizada em sua plenitude e cuja permanente autenticidade o peso dos anos só faria garantir e consagrar. Em breve, já respeitável anciã, terá de render-se ao ultimato do que poderia ser uma serena velhice, inspirada no ideal de beleza que soube encarnar.

Até lá, continuará se agarrando cada vez mais avidamente aos destroços de seu encanto evanescente, reduzindo cada vez mais a luz nas suas aparições.

Como um fantasma — e bem mais irreal do que aquele que me deslumbrou o sono inquieto da mocidade.

A VISITA DO FILHO PRÓDIGO

MEU CARO AMIGO,
Seu filho esteve aqui. Já me tinham dito que ele andava longe de casa, meio transviado, vivendo no Rio. Há dias vinha me telefonando sem me encontrar e finalmente hoje pela manhã apareceu por aqui sem nenhum aviso. Eu já me dispusera a recebê-lo, como filho de um amigo que é, e ajudá-lo, se ele estivesse precisando de ajuda. Nem sequer me passou pela cabeça que eu não pudesse fazer nada por ele.

É o que acontece: não posso fazer nada por ele. Veja como foi e depois julgue.

A empregada veio me dizer que um rapazinho queria falar comigo. Deve ser ele, pensei. Eu o imaginava ainda uma criança — tinha dez anos quando o vi pela última vez, não foi isto? Ao entrar na sala, dou com um jovem da minha altura, que me estendeu a mão desembaraçadamente, chamando-me de você, o que me confortou. Estava com um sapato de pele malhada de bezerro, desses de ponta revirada para cima, muito comuns nos arredores da Lapa. As meias eram de um azul claro e vivo, combinando com a camisa. A calça cinza, o casaco esporte de tussor de seda, com óculos escuros saltando do bolso. Sentou-se, esticou preguiçosamente as pernas como se estivesse em casa, depois acendeu um cigarro e me disse com um suspiro de "playboy" entediado: Estou cansado, passei a noite no distrito. No distrito? — espantei-me. Que foi que houve para você passar a noite no distrito? Ele sorriu: Contrabando — respondeu apenas. Não é a primeira vez que me apanham. Se descobrissem que sou menor de idade, eu estava ferrado.

A conversa prometia surpresas. Mas não era preciso dizer nada, ele mesmo ia contando: Briguei com meu pai há coisa de seis meses. Por quê? Ora, grossura do velho: fui expulso do colégio e ele ficou furioso. Fui expulso porque dei um tiro num colega, por pouco não acerta, passou a um palmo da cabeça.

Eu estava ficando um pouco irritado com a desenvoltura do jovem. Pensava nos meus dezesseis anos, também desenvoltos à sua maneira, mas desde então, até hoje, não dei tiro em ninguém. Ele decerto esperava que eu me espantasse — fiquei impassível, conduzindo a conversa com monossílabos. Ele prosseguia: Eu tinha uma garrucha de dois tiros... Tinha, não tem mais, foi o que concluí, um pouco menos apreensivo.

Muito bem: e depois? Depois, continuou, vim para o Rio e me tornei camelô. Comecei arranjando uma carteirinha de rapa da Prefeitura e afanando outros camelôs. Era só chegar e dizer: serviço de fiscalização, e eles me passavam a muamba, que eu ia vender noutra rua. Caneta, lapiseira, relógio de pulso... Aí eu já tinha meus contatos, estava trabalhando por conta própria — e estou até hoje. Só que hoje estou no perfume. Ontem tive um prejuízo de mais de dez mil. Trabalhar com produto legítimo dá é nisso. E ainda me custou quinhentas pratas para o investigador. Agora só trabalho com Chanel que eu mesmo fabrico: vidro vazio, algumas gotas do legítimo, o resto álcool. Dá dinheiro, tem dia de fazer três mil.

— Quer dizer que você entrou francamente no terreno da desonestidade — não pude deixar de comentar.

Ele sorriu, pela primeira e única vez meio encabulado, e disse: É, esse negócio não é muito bom não. E de novo à vontade, acrescentou que justamente por isso precisava de mim: queria que eu lhe arranjasse um emprego. Mas arranjar-lhe emprego como? Com esses antecedentes? Como é que eu posso recomendá-lo a quem quer que seja? Ele acendeu outro cigarro, sem a menor sombra de perturbação: O diabo é eu ter só dezesseis anos — suspirou. Se me apanham, acabo no SAM, e já soube que a coisa lá é dureza. Mas quando fizer dezoito... Ergueu-se, andou pela sala, olhou uns objetos de barro que eu trouxe do Norte, perguntou se eram de macumba. Até em terreiro de macumba já andei metido — acrescentou, com ar meio metido a besta.

O que já era muita coisa para seis meses de Rio. Nem tudo parecia ser mentira — via-se mesmo que, infelizmente, a maior parte era verdade. Bem afeiçoado, elegante, um belo rapaz — dentro de mais algum tempo será um dos mais atraentes bandidos desta praça. Apenas parece ter errado a vocação: sua tendência certamente será a de legalizar a situação num emprego qualquer e entrar para a alta picaretagem — se não se tornar logo um gigolô com carro de luxo e nome respeitável nos chamados antros da perdição. Despediu-se inesperadamente como havia chegado, depois de deixar um número de telefone e me dizer que se soubesse de qualquer coisa avisasse.

Pois é isto, meu amigo: foram as informações que ele me deu. O que é que eu faço? É seu filho, você o conhece melhor do que eu. Fico pensando na educação cristã que você procurou dar aos filhos, aí na sua terra, afastado das grandes cidades. É verdade que você andou viajando, esteve em outras terras, tangido pela inquietação criadora, no seu destino de artista. Mas longe de acusar a sua ausência, eu me interrogo, perplexo: até que ponto seremos responsáveis? Também tenho filhos a cuidar, dou-lhes educação cristã, e até agora a mão de Deus os vem conduzindo pelo bom caminho, num milagre de circunstâncias fortuitas. Mas me arrepio à simples ideia dos mil e um abismos que a vida numa grande cidade vai abrindo a seus pés e de cuja atração um dia, sozinhos, eles terão de se livrar.

Não quero aumentar a sua aflição de pai, afligindo-me também diante dessa famosa juventude transviada que não chegamos a conhecer e da qual nossos filhos terão de escapar.

Se alguma coisa eu pudesse fazer pelo seu, era deixar-me possuir da mais tremenda indignação, dar-lhe uma surra, expulsá-lo daqui, intimá-lo a voltar para a sua terra, reconciliar-se com o pai — na certeza de que você correria ao encontro dele de braços abertos e mandaria matar um vitelo para a ceia do regozijo.

Poderia mesmo ter-lhe dado algum dinheiro, se ele me tivesse procurado para isso. Ou lhe arranjar o tal emprego — e não me limitar a ouvi-lo atentamente, num silêncio estarrecido que decerto ele tomou por complacência. Mas não foi possível — nem adiantaria. O que me sinto é conivente mesmo, e responsável. Também estamos transviados — me sinto solitário como um filho pródigo, abandonado como um pai.

Resta-me apenas pedir a Deus por ele, por você — e por mim.

ANÚNCIO DE CASA

Procura-se casa para alugar ou comprar, com três quartos, duas salas, banheiro, cozinha, quarto de empregada, demais dependências, poder de sugestão, varanda e quintal.

Por poder de sugestão, entenda-se aquele misterioso dom que certas casas têm de sugerir a vida dos que já moraram nela. Não pelas manchas e estragos que lhe deixaram antigos moradores, mas exatamente pelas marcas invisíveis que suas paredes recolheram e o tempo fixou.

Essas marcas devem nascer do soalho sob as passadas do morador, correr ao longo das tábuas do teto aos olhos insones que nele se distraem, participar dos próprios ruídos que ajudam a adormecer: o da água caindo na caixa, os estalidos de madeira no escuro, o rincho de uma porta ou dos degraus da escada; devem efluir dos trincos e maçanetas, da sombra na parede, terror de uma infância, do vento que infla a cortina. Devem, enfim, impregnar cada canto da casa, estas marcas de tradição que ela carrega em seu bojo como uma carga de navio, a que vai se juntar a do novo morador, dando-lhe novo espírito, e finalmente a absorve.

Já a exigência de quintal obedece a razões menos sutis. O pretendente se julga na obrigação de declarar que considera uma indignidade a inexistência de quintais na moderna moradia, somente ultrapassada pela inexistência de moradias.

Declaração que deve ser tomada no mais amplo sentido de condenação da atual sociedade no seu modo de viver, refletido no seu modo de morar. E dizer que há quem troque uma casa por um apartamento! O quintal é a própria infância que ele um dia acolheu, oferecendo-lhe os seus pequenos mistérios ligados à terra. É o último refúgio contra a voragem da grande cidade, que ignora a terra, a infância e o mistério. Eis por que o pretendente, pelo quintal, abre mão de outras atrações frequentemente apregoadas: lado da sombra, acabamento primoroso, soberba vista.

Não se exige casa moderna — melhor mesmo que não seja, para que não se ofereçam residências modernas porque novas, mas na verdade, quando no estilo barroco, normandamente coloniais. É preferível que não tenha estilo algum. Nem mesmo o autêntico moderno, que muito admira em casa alheia, mas não deseja em sua própria: não lhe apraz morar numa obra de arte. Assim como lhe encantam a vista poltronas sem braços e de pernas finas, desde que nelas não seja obrigado a se sentar, também lhe agradam paredes de vidro, portas sem maçaneta, janelas sem veneziana, escadas sem corrimão, varandas sem parapeito, desde que atrás delas não tenha de viver. Prefere antes morar numa casa que, não podendo ser a mansão que ele mereceria por suas reconhecidas virtudes (dão-se referências), ofereça um mínimo de conforto: o de poder andar despido em seu interior sem ser visto pelo vizinho, cantar no banheiro sem ser ouvido, conversar consigo mesmo sem passar por doido. Uma casa moderna lhe dá a perturbadora sensação de estar sempre do lado de fora, vivendo pelo avesso, sem conseguir entrar. Nela jamais se poderá encontrar o caminho do famoso recesso do lar onde se recolher. Em suma, nem tão moderna que agrade apenas às visitas, nem tão antiga que ameace ruir.

Também não se exige condução à porta — a uma ou duas quadras seria o ideal. A duas quadras bom seria também que houvesse uma farmácia, um cinema, uma mercearia — nada de supermercados; a três uma igreja, a quatro um botequim. Mais longe este, para que nele não se vá parar com frequência, desviando-se do caminho daquela.

Quanto às condições de pagamento, devem ser modestas, porém sinceras: o pretendente, não sendo rico, tem já qualquer coisinha para uma parte à vista e como enfrentar, em futuros rendimentos que pretende auferir, prestações a se perder de vista. Dispensa intermediários.

Negócio imediato, para um homem que busca apenas alguma paz, na lembrança da casa em que nasceu.

CANTADA EM TOM MENOR

V IVIA EM CASA COM A MULHER, cercado e protegido pelo conforto familiar. Nada o faria sair sozinho à noite. Só mesmo aquele velho amigo e colega de magistério seria capaz de semelhante façanha: arrancá-lo da leitura e dos estudos habituais, para a celebração de uma efeméride qualquer num clube elegante da cidade. Sua presença se fazia indispensável, envolvido que estaria naquela espécie de homenagem.

Aceitou o convite e, para seu desagrado, deu com o velho amigo a beber em companhia de duas jovens de fino trato, numa espécie de festa dançante. Na minha idade! — pensou, acomodando-se junto a eles, com a secreta esperança de que seus sessenta e tantos anos mal vividos passassem ignorados e em meio à alegria ambiente. Já o seu amigo, muito à vontade, punha-se a dançar com uma das moças, animando-o a fazer o mesmo com a outra. Para pasmo seu, os olhos da outra também pareciam animá-lo. Arriscou-se a dar com ela alguns passos inseguros pelo salão:

— Um absurdo, você dançando comigo, com tantos rapazes aqui certamente querendo estar no meu lugar — comentou.

Logo sentiu que a observação era suficientemente idiota para torná-lo ridículo aos olhos dela. Mas a jovem, ao contrário, sorriu, encantada, dizendo que o atraente num homem não era a juventude, inconsequente e efêmera, mas a inteligência, que o tempo só fazia apurar.

Não usou propriamente estas palavras, mas era o que ela queria dizer — concluiu ele: sou ainda atraente, pois. E, deslumbrado, sob o efeito do uísque que apesar do fígado acabou se permitindo tomar, pareceu-lhe que ela o distinguia com um interesse especial. Arriscou-se a um respeitoso convite para almoçar no dia seguinte, que foi logo aceito: filha de um diplomata, ela estava de viagem marcada para dali a alguns dias e queria aproveitar o melhor possível o tempo que lhe restava.

Mas logo comigo? — se interrogava ele, perplexo no dia seguinte, indo ao seu encontro.

Iniciou-se então uma série de experiências inéditas, que lhe pareciam ocorrer aos sobressaltos: eram almoços ou jantares, encontros ao cair da tarde, passeios e teatros. Mal ousava segurar-lhe a mão, embora a conversa fosse de molde a suscitar a mais promissora das afinidades, pelo menos no plano intelectual: falavam de livros, descobriam motivos de mútua atração, acertavam predileções.

— Isso é que é mulher, e não aquela bobagem que tenho lá em casa — pensava ele, nos momentos de maior insensatez.

Enquanto isso, sua vida desandava: fugia dos hábitos de sempre, descuidava-se das tarefas de todo dia. E emaranhava-se em casa num complicado enredo de mentiras que, à falta de imaginação, giravam sempre em torno dos mesmos pretextos: reuniões de professores, conferências, sessões solenes disso e daquilo, a que sua presença era imprescindível.

— Nunca vi tanta homenagem — estranhava a mulher: — Será que estão querendo lhe dar o Prêmio Nobel?

Prêmio Nobel da falta de vergonha — era o que ele pensava, consciência atormentada, imaginando consequências desastrosas para aquela aventura. E comparecia, temeroso, a novo encontro, coração aos pulos. Tímido como um colegial — assim se referiam os escritores a personagens como ele, metidos em semelhante desatino, nos romances que terminavam sempre em tragédia.

Aproximava-se o dia da despedida e nem ao menos tivera coragem de dar sequer um passo para consumar aquela conquista. Não sabia como — isso os romances não ensinavam. Mas urgia atender o que se esperava da sua condição de homem: passar-lhe a cantada que ela certamente merecia receber.

No último dia, sentindo até cãibra no diafragma de tanta aflição, juntou energias e, encomendando a alma ao diabo, dirigiu à moça em plena rua o que lhe parecia a mais consequente das propostas:

— Vamos a um motel?

Apanhada de surpresa, ela chegou a perguntar:

— Motel? Fazer o quê?

Ora, fazer o quê num motel — a pergunta o perturbou ainda mais, ele que nunca havia entrado em nenhum, não sabia sequer como aquilo funcionava. Ela sorriu, vindo logo em seu socorro:

— Eu sei o que você está pensando, mas, por favor, não vamos destruir tão bela amizade...

Desapontado, ele ao mesmo tempo sentiu como se lhe tivessem retirado uma cangalha das costas. E ansioso para dar aquela maluquice por encerrada, e ainda chegar em casa a tempo do jantar, ali mesmo se despediu dela para sempre:

— Muito obrigado. Se você aceitasse, não sei o que seria de mim.

E arrematou com um suspiro de alívio:

— Confesso que para uma aventura como esta eu não teria nem enxoval.

SERES HUMANOS COMO EU

Ônibus parou junto à calçada. Eu ia passando e parei também. Algo de extraordinário estava para acontecer. Era um aleijado. De pernas atrofiadas, desses que deslizam com dificuldade pelo chão com o auxílio das mãos, repousadas numa simples tábua sobre quatro pequenas rodas. Havia feito sinal para o ônibus, o motorista obedecera e agora aguardava resignadamente que ele subisse pela porta da frente.

A um tempo fascinado e aflito, resolvi observar como ele procederia. Embora grosso de tronco e de braços fortes, seus ombros mal se nivelaram ao primeiro degrau do ônibus. Ainda assim, ele se apoiou com uma das mãos na superfície de aço e com a outra logrou tirar de baixo de si o carrinho tosco, atirando-o habilmente no degrau superior. Voltou a apoiar-se no primeiro degrau, desta vez de costas; valendo-se dos cotovelos, em seguida de ambas as mãos, ergueu o corpo num galeio de ginasta e conseguiu sentar-se, vencendo assim a primeira etapa da subida. Um vago sorriso de altivez iluminou-lhe o rosto, enquanto ele recolhia com as mãos lestas as pernas mirradas e secas e se dispunha a prosseguir na escalada. O motorista, impassível, à espera. Os passageiros aguardando, conformados. Mal tomavam conhecimento do que se passava, já que nada podiam fazer.

Mas eu podia — a revelação se abateu sobre mim, pungente como um remorso: às duas horas da tarde de um sábado chuvoso, numa rua movimentada de Ipanema, a menos de três passos de mim, um ser humano precisava de minha ajuda, e eu nem me mexia, plantado em meio à calçada como curioso espectador do seu sofrimento. Por que não avançar aqueles três passos e lhe estender a mão? Por que sentir vergonha em ajudá-lo? Seria tão fácil, bastava dar-lhe o apoio do meu braço ou mesmo simplesmente carregá-lo até o interior do ônibus. Como receberia ele o meu auxílio? Como reagiriam os demais circunstantes ante meu gesto? E por que ninguém mais se dispunha a fazer o mesmo?

Tomado de ansiedade, olhei ao redor. Ninguém, além de mim, parecia interessado naquela cena, talvez menos insólita do que eu imaginava. Num bairro onde tantas coisas estranhas acontecem, alguns penosos segundos despendidos por um aleijado para tomar o ônibus nada ofereciam que merecesse especial atenção. A assistir à cena, indiferentes, apenas um freguês no balcão do botequim diante de seu copo de cerveja, um empregado à porta da loja de roupas, o jornaleiro na sua banca. Os que passavam assoberbados com os próprios problemas ou imbuídos em outra espécie de distração, mal lançavam um olhar para o ônibus parado e o novo passageiro no seu esforço de embarcar. Somente eu me deixara apanhar pelo que havia de comovente naquele pequeno incidente de rua.

De súbito me veio a impressão de que aquela minha ostensiva presença era constrangedora, eu é que estava dificultando a subida, impedindo que ela se consumasse — o que, entrementes, acabou acontecendo: ele conseguiu entrar, a porta fechou-se, o ônibus deu partida.

Voltei-me e segui também o meu destino. Foi quando me vieram simultaneamente à lembrança dois incidentes semelhantes, afastados um do outro no tempo, ambos ocorridos no estrangeiro.

O primeiro foi em Nova York, faz muitos anos. Eu estava tomando meu uísque no balcão de um bar, quando entrou novo freguês e veio postar-se ao meu lado. Embora o bar estivesse cheio, ninguém lhe deu atenção ou sequer pareceu haver reparado, quando ele retirou do bolso uma nota para pagar ao garçom a cerveja que havia pedido: era um mutilado de guerra. Não tinha mãos, mas dois ganchos de ferro com uma espécie de pinça recurva na extremidade. O garçom depositou o troco em moedas no balcão à sua frente. Todos continuavam fingindo ignorar o que se passava, olhando firme para a frente e bebendo em silêncio: o homem tentava recolher as moedas usando ambos os ganchos, as pinças se abrindo e fechando como patas de um caranguejo. E as moedas escorregavam e caíam no balcão e ele as prendia de novo, até conseguir recolhê-las, uma a uma, depositando-as no bolso. Ninguém se ofereceu para ajudá-lo: via-se que ele tinha de provar que era capaz de se sair bem sozinho.

Depois foi a vez da cerveja: com a garra esquerda a servir de apoio, ele veio vindo devagarinho com a direita já entreaberta e, plec!, empolgou com firmeza o copo, para, como um autômato, levá-lo lentamente até a boca.

Ninguém disse nada, mas era como se corresse ao longo do balcão um suspiro de alívio.

O segundo foi em Londres, mais recentemente. Eu passeava com um amigo pelas ruas do centro, quando, a poucos passos de nós, um pobre aleijado perdeu o equilíbrio, deixando cair as muletas e caindo também ele no chão. Logo um guarda acorreu para ajudá-lo a levantar-se. E o fez com tamanho zelo e cuidado, que nos detivemos para olhar a cena. Era para mim mais uma oportunidade de admirar a polícia inglesa: quando jamais um policial brasileiro procederia com tanta solicitude?

Não fui longe na minha admiração: vi que o guarda, ainda a amparar o aleijado, se dirigia a nós, de maneira enérgica, mandando que fôssemos andando, não tínhamos nada a ver com aquilo, o que se passava não era de nossa conta. Obedecemos imediatamente, e nem havia como deixar de fazê-lo: ambos percebemos de imediato que ele tinha razão, nosso olhar era indiscreto, nossa curiosidade pouco caridosa para com o pobre homem.

Pelo visto, não aprendi a lição — tanto a do mutilado de guerra, como a do guarda londrino: diante deste outro ao tomar o ônibus, se em vez de parar e mesmo pensar em ajudá-lo, tivesse seguido o meu caminho, eu estaria respeitando mais a condição de um ser humano como eu.

ANOS DOURADOS

Chego de viagem e encontro o Rio entregue à nostalgia dos anos dourados. Descubro que a fonte é uma sedutora minissérie de televisão com este título, de autoria do Gilberto Braga, e que vai fazendo sucesso entre os saudosos daquele tempo.

Quais são, precisamente, os anos dourados?

Depois de ver um capítulo, presumo que sejam os que vão de 1954 a 1964, por aí. Do advento do Juscelino ao golpe militar, hoje, graças a Deus, também de saudosa memória.

JK, pé de valsa, peixe-vivo, bailando até conquistar a presidência. Juarez, derrotado, dando murros na mesa. Lacerda vociferando, a Aeronáutica se rebelando, Jacareacanga, e o Juça ali firme, perdoando todo mundo, em nome de Brasília.

Brasília, o eldorado dos anos dourados.

Pelo rádio, "I Apologize", na voz de Billy Eckstine.

Manchete concorrendo com o *O Cruzeiro*. Numa, as crônicas do Rubem Braga, do Paulo Mendes Campos, Henrique Pongetti e deste seu criado. Desenhos de Borjalo, fotos de Gervásio Batista, Hélio Santos, Jáder Neves. Na outra, o Pif-Paf de Vão Gôgo, David Nasser & Jean Manzon, Amigo da Onça. Fotos de Indalécio Vanderlei, Flávio Damm, José Medeiros. E tome reportagem sobre os xavantes. As duas revistas, aliás, são o mais completo documentário dos anos dourados no Rio. (Em São Paulo, nem se fala! Fica para outra.) Junte-se uma coleção do *Diário Carioca* de então, tendo como maestro o inenarrável Pompeu de Souza, sob cuja batuta nos juntávamos na maior zorra (o espantoso é que o jornal saísse no dia seguinte): Prudente de Moraes, neto, Carlos Castelo Branco, Otto Lara Resende, Evandro Carlos de Andrade, Paulo Mendes Campos, Maneco Muller, Armando Nogueira, Octavio Tyrso, Jânio de Freitas, Lúcio Rangel, Sérgio Porto, Tinhorão, Santa Rosa, e por aí vai. Com direito a Aloizio de Salles.

"Vingança", de Lupicínio: você há de rolar como as pedras que rolam na estrada.

Noite de Gala às segundas-feiras na TV Rio, sob o patrocínio de O Rei da Voz. No teatro de bolso da Praça General Osório, Silveira Sampaio e sua Trilogia do Herói Grotesco. Nelson Rodrigues provocando polêmicas, entra ano, sai ano: "A Falecida", "Perdoa-me por me Traíres", "Os 7 Gatinhos", "Boca de Ouro". Absolutamente certo!, gritava J. Silvestre, o céu era o limite. Nas telas, Oscarito e Grande Otelo em "O Homem do Sputinique". Na *Última Hora*, as certinhas de Stanislaw Ponte Preta: Rose Rondeli, Carmem Verônica, Elizabeth Gasper, Irma Alvarez, e por aí vai.

E Vanja Orico — Vanja vai, Vanja vem.

Tomara que caia, maiô de duas peças. As pernas de Renata Fronzi no Follies, no segundo andar de Bolívar com Avenida Copacabana. O teatro era tão pequeno que os artistas tinham de entrar pela janela, passando do camarim para o palco pela marquise, do lado de fora. Espetáculo para os que lá da rua não podiam pagar ingresso.

Golias na sala de aula, bonezinho de lado, desacatando o professor. E Moacir Franco, você aí, me dá um dinheiro aí! Lúcio Alves e Dick Farney cantando "Teresa na Praia", de um jovem compositor chamado Tom Jobim.

Melhoral, Melhoral, é melhor e não faz mal.

RESTAURANTE DE LUXO mesmo era o Bife de Ouro. Mas o sonho dourado era ter um cadilaque rabo de peixe.

Guimarães Rosa, mira e veja, Grande Sertão: Veredas.

Marta Rocha perdendo por duas polegadas, afronta para todo o Brasil. Jurados da Miss Brasil: Pompeu de Souza, Manuel Bandeira, Santa Rosa, Helena Silveira, Amando Fontes, Paulo Mendes Campos e eu. Adalgisa Colombo resgatando a honra nacional. Concurso de Miss Bangu. As debutantes do Copa. Waldir Calmon e seu piano no Arpège, Djalma Ferreira no Drink, em frente ao Vogue. O incêndio do Vogue! Só o Dantinhas escapou. No Sacha's, o próprio ao piano, Cipó no sax e, depois do terceiro uísque, eu na bateria.

Falta d'água no Rio, Posto 6 conhecido como Polígono das Secas. Lata d'água na cabeça, lá vai Maria.

Roteiro do chope em Ipanema: Jangadeiro, Veloso, Zepelim, Bar da Lagoa.

NO JÓQUEI CLUBE, num só dia, almoçando em mesas diferentes: Eurico Gaspar Dutra, Santos Vallis, Assis Chateaubriand, Lopo Coelho, Paulo Bittencourt, Edmundo Lins.

E o Brasil, de meta em meta, avançando cinquenta anos em cinco. O JK não passava de um Alfa-Romeo disfarçado de carro brasileiro. O Simca Chambord dava um toque de classe e elegância. E os primeiros fusquinhas de fabricação nacional já circulando. Vai da valsa! Estou aí nessa marmita?

"Ouça", na voz quente e sensual de Maysa.

BRASIL, CAMPEÃO do mundo: Nilton Santos, Didi, Pelé, Garrincha — com esses quatro qualquer time ganharia a Copa. Alvorecer da Bossa Nova: João Gilberto cantando "Chega de Saudade". Altamiro Carrilho e sua Bandinha todo domingo na TV Tupi. Gilson Amado toda noite na TV Eldorado. Para encerrar, programa de Al Neto — Nêto, digam por favor. Ritmos da Panair pela Rádio Jornal do Brasil, a partir de meia-noite. Diretamente do "Meia-Noite" no Copacabana Palace. Nas asas de um Constellation! Por falar nisso, Marlene fez ou não fez sucesso no Olympia de Paris? Di Cavalcanti diz que fez, ele estava lá. Pois tome Urodonal e viva contente. Eu vou para Maracangalha, eu vou.

Filas para ver no cinema "Suplício de uma Saudade", com Joan Fontaine. "Pic-nic", com William Holden e Kim Novac.

Jesus está chamando Alziro Zarur toda noite pelo rádio. Tônia-Celi-Autran em "Calúnia", no Mesbla. "O Santo e a Porca", com Cacilda Becker no Dulcina. "Moral em Concordata", com Maria dela Costa, no Carlos Gomes. Marcelino Pão e Vinho saindo das telas e vindo em pessoa nos visitar. Elizeth Cardoso cantando no Au Bon Gourmet. Quem é melhor: Emilinha Borba ou Marlene?

Legal. Tudo azul. É com esse que eu vou.

Os lotações. O ônibus Camões, com a frente caolha. Ainda havia bondes: o mata-paulista, no Túnel Novo.

Virginia Lane: bom mesmo é mulher. Jorge Amado: Gabriela, Cravo e Canela. Operação Pan Americana, JK se agitando. Seu talão vale um milhão.

Dançando ao som de Ray Conniff e sua orquestra.

Inauguração de Brasília! Pílulas de vida do doutor Ross fazem bem ao fígado de todos nós. Ary Barroso: risque o meu nome do seu caderno. Uma passada no Maxim's para saber do Freddy as novidades, depois no Michel, depois no Scotch Bar. Sopa de cebolas no Rond Point. Ah, Rio de Janeiro nos anos dourados! A noite começava às seis horas com o show para os senadores no Night and Day, enquanto a patota literária bebia no Juca's Bar. Esticada no Montecarlo, naquele morro da Rua Marquês de São Vicente, ou no Casablanca, na Praia Vermelha. Para encerrar, um filé no Lamas, Largo do Machado. Se já estiver clareando o dia, ostras frescas no mercado da Praça 15. Dá-lhe, Rigoni! É com esse que eu vou...

"Mona Lisa", na voz de Nat King Cole.

COLUNISTAS SOCIAIS: Marcos André, Gilberto Trompovski. Mas bom mesmo era Jacinto de Thormes, antes que Ibrahim Sued ficasse absoluto. "How High the Moon" por Dizzy Gillespie, anunciando a era do bebop. Orfeu Negro, sucesso internacional. "Vai que É Mole", com Ankito e Grande Otelo. Drops Dulcora, embrulhadinhos um a um. Como os 6 milhões de eleitores de Jânio Quadros.

The Platters cantando "Only You".

Anos dourados... No momento, é o que me lembro. Depois foram ficando azinhavrados, enferrujados, meio carcomidos a partir do Jango. E deu no que deu. Vieram os anos de chumbo da ditadura. Deu no que se sabe...

O PIANO NO PORÃO

EU ERA MENINO AINDA quando o piano velho foi removido para o porão, cedendo lugar ao novo que meu pai comprara para minha irmã Luisa, excelente pianista. Por que não venderam o outro logo, não sei dizer; minha mãe talvez se impressionasse com a leitura de um conto de Aníbal Machado, uma de suas histórias prediletas, que narra as agruras de uma família tentando desfazer-se de um piano velho como o nosso.

E no porão ele ficou, para tornar-se minha exclusiva propriedade: esgotado o repertório de brincadeiras no fundo do quintal, ou por esquivança à companhia de outros meninos, ia sentar-me diante de suas teclas e ficava brincando sozinho de fazer ruído com notas desafinadas.

Tanto bastou para que suspeitassem em mim uma vocação musical. Suspeita bastante equívoca, de resto; poderiam ter suspeitado igual vocação para a brincadeira, para o ruído ou para a solidão. Então me fizeram aluno de Dona Abília, professora de piano. Ao fim de uma semana fugi para sempre ao suplício das aulas, depois de corresponder em precocidade ao que ela esperava de mim: aprendi a tocar "Linda Borboleta" com as duas mãos e mais de uma vez beijei a netinha dela num canto escuro da varanda.

Um dia o piano velho desapareceu do porão, e me tornei homem, deixando para trás minhas secretas aptidões musicais.

Mas a ideia de aprender a tocar sempre me acompanhou. E se tornou mesmo uma constante de minha prosápia, quando o assunto era abordado numa roda de amigos e eu declarava, como que casualmente, que "sempre tive certo jeito", era uma pena que não me houvesse dedicado.

"Pois então que se dedique!" — era o que parecia dizer o olhar de minha filha, anos mais tarde, estendendo-me a chave amarrada com um lacinho de fita — chave de um piano autêntico, embora usado, que me aguardava na outra sala, e que me haviam comprado para uma comovente surpresa de aniversário.

Quando, tempos depois, tive de desfazer-me dele, não me restou sequer o consolo de ter desvendado o mais elementar de seus segredos, qual fosse o misterioso caminho que meus dedos deveriam percorrer em suas teclas para delas extrair ao menos as notas de "Linda Borboleta", para sempre esquecida.

Minha pretensa vocação musical, trazida da infância como um complexo, com o tempo já se achava um pouco comprometida pela confirmação melancólica de que papagaio velho não aprende a falar, que dirá tocar piano. Ainda assim, acabei um dia esvaziando o pé de meia e comprando outro, insuflado pelo ensinamento de Platão, que adaptei às exigências de minha duvidosa inclinação musical: só se aprende a tocar, tocando. E me entreguei à competência de um professor que resolvi contratar.

Fui, todavia, levado a suspender as aulas, ao saber que a intenção do eficiente mestre era a de me fazer ao fim de um ano estar tocando Mendelssohn. Ora, jamais na minha vida pretendi tocar Mendelssohn, mas somente arranhar uma musiquinha de jazz tradicional, para deleite apenas de meus ouvidos e a tolerância masoquista dos vizinhos. E como mesmo tão modesta pretensão faz com que o piano continue sorrindo com todas as teclas ao atropelo simiesco de meus dedos, resolvo abandoná-lo e me recolher à insignificância das minhas desafinadas horas de lazer.

Até que um dia, à falta de melhor proveito, antes que o atirem ao mar como o de Aníbal Machado, o piano seja recolhido a um porão, para que os dedos de um menino possam descobrir nas suas velhas teclas uma vocação de pianista capaz de redimir esta frustração do pai.

ELA LAVA E ELE ENXUGA

Como já tive ocasião de contar (*Aventura do Cotidiano — 4*, em "A Falta que Ela me Faz"), eram três solteirões que viviam com o pai viúvo naquela casa do interior de Minas. Um dia o mais novo, e já não tão novo, conheceu uma moça, gostou da moça, acabou se casando com a moça.
Casou e mudou.
Tempos depois, indo visitar o pai e os irmãos, não escondeu seu entusiasmo:
— Gente, vocês não sabem como mulher é bom! Serve para tanta coisa...
Não deixa de ser uma definição do casamento, como era concebido antigamente. Hoje em dia, prevalece mais a que decorre do comentário feito por aquele outro, depois que se casou:
— Então quer dizer que casamento é isso? Ela lava e eu enxugo?

— Pois comigo agora vai ser diferente — pensava ela, ao deixar o trabalho. Em vez de ir direto para casa fazer o jantar do marido, foi ao cabeleireiro mudar o penteado.
Depois de vários meses sem cozinheira, chegara enfim o dia de não encostar a barriguinha no fogão, como ele costumava gracejar, aliás sem graça nenhuma.

Em vão ela havia tentado avisar, telefonando-lhe para o escritório, que queria jantar fora naquela noite: não está na sala, está em reunião, ainda não chegou, já saiu. Onde diabo estaria? Nenhuma ponta de ciúme chegou a se manifestar na sua irritação por não encontrá-lo: parece até que está fugindo de mim, pensou apenas, indo finalmente para casa.

— Eu hoje quero jantar fora — foi declarando, categórica, quando ele lhe abriu a porta.

— Onde você andou? — perguntou ele, dando-lhe passagem.

— Fui ao cabeleireiro. E você? Tentei te avisar o dia todo.

— Me avisar o quê?

— Que eu queria jantar fora.

— Vim mais cedo para casa. Como não te encontrei...

— Nem podia encontrar, pois eu estava no cabeleireiro.

— Eu sei, você já falou. Não te encontrei, e estava com fome...

Que é que ele queria dizer? Que já havia jantado?

— Jantado, propriamente, não. Como estava com fome, fritei um ovo, e tinha um resto de arroz na geladeira... Não achei mais nada.

— Não achou nada porque eu não vim fazer o jantar.

— Estou sabendo. Foi ao cabeleireiro.

— Isso mesmo. Fui e hoje eu quero jantar fora — insistiu ela: — Não venha me dizer que você não vai me levar só porque comeu um ovo.

— Calma, minha filha — fez ele, evasivo: — Jantar onde? Você nem acabou de chegar da rua e já quer sair de novo. Que diabo de penteado é esse?

O comentário final foi a gota d'água — ela, que esperava dele um elogio pelo penteado.

— Não pensa que você me leva na conversa — protestou, indignada: — Eu quero saber se vai me levar para jantar. Se não vai, diga logo, que eu vou sozinha.

Um tanto temerária, aquela afirmativa, admitiu ela para si mesma: jantar sozinha como? onde? com quem? e pagar com quê?

— Estou com fome... — choramingou, para ganhar tempo.

Ele fora sentar-se diante da televisão, indiferente, enquanto ela ficava por ali, lamuriando a sua fome.

— Vê se encontra aí qualquer coisa para comer, como eu fiz — ele se limitou a dizer.

Ela botou as mãos na cintura e sacudiu com raiva a cabeça, ao risco de desmanchar o penteado:

— Olha bem para mim e vê se me acha com cara de arroz com ovo.

— Ovo, só tinha um — ele ria, o cínico! — E o arroz já era.

Num impulso de revolta, ela se voltou para a porta:

— Não preciso de você. Na casa da mamãe deve ter sobrado alguma coisa do jantar.

— Ridículo — ele se limitou a suspirar, e voltou a se distrair com a televisão.

Em vez de sair, ela partiu batendo os saltos em direção à cozinha. Pôs-se a remexer ruidosamente em tudo, devassando a geladeira, abrindo latas e destampando panelas. Acabou encontrando duas bolachas e, no armário sobre a pia, uma simples, única e solitária cebola. Começou a descascá-la, já em lágrimas, soluçando alto para que ele ouvisse lá da sala. Em pouco ele vinha bisbilhotar:

— Que é que você está fazendo? Está chorando por quê? Por causa dessa cebola?

— Não seja estúpido — reagiu ela, enxugando as lágrimas com as costas da mão: — Estou chorando porque estou sem comer! Quando me casei com você jamais pensei que ainda ia acabar passando fome.

— Amanhã te levo para jantar fora — concedeu ele.

— Não preciso de você. Se eu quiser, eu sei como encontrar alguém que me leve ainda hoje.

O sorriso irônico dele não animava a prosseguir nesse caminho: não encontraria ninguém, ainda mais assim de repente — nem ao menos uma amiga tão infeliz quanto ela. Descobrindo no armário um tablete de caldo de carne, animou-se e com deliberação pôs-se a preparar uma sopa de cebola, enquanto ele voltava para a televisão.

Levou a bandeja com a sopa para tomar na sala, com as duas bolachas, como se fosse o melhor dos jantares, esperando que o cheiro que dela emanava, realmente apetitoso, provocasse nele alguma fome. Se tal aconteceu, ele não deu mostras: em pouco desligava a televisão e, espreguiçando, ia para o quarto dormir.

Como era de esperar, passaram a noite de costas um para o outro. Pela manhã nenhum dos dois tomou a iniciativa de romper o silêncio. E em silêncio partiu cada um para o seu trabalho. O que mais doía nela era o detalhe do penteado — que fez questão de desfazer durante o banho.

Ao longo do dia não se telefonaram, como costumavam fazer.

À tarde, quando ela regressou, teve a surpresa de sua vida: encontrou a mesa posta, com o que havia de melhor a esperá-la para o jantar dos dois. Até mesmo, como sobremesa, aquela tortinha de mil-folhas de que gostava tanto.

Ao lado do prato, um bilhete: "Para que você hoje não passe fome."

— Como é que você fez tudo isso? — exclamou, ao vê-lo surgir do quarto.

— Encostando a barriguinha no fogão.

— Encomendou no restaurante — ela concluiu, encantada.

Ele a abraçou, afagou-lhe os cabelos:

— Ficam tão mais bonitos assim, ao natural.

Findo o jantar, ele quis levá-la em seguida para o quarto, mas ela pediu que esperasse: ia primeiro tirar a mesa e lavar os pratos.

— Eu lavo e você enxuga — disse, com doçura.

Mais tarde, já na cama, ao tê-la nos braços, ele admitiria para si mesmo:

— Como mulher é bom! Serve para tanta coisa...

CONOSCO NINGUÉM PODEMOS

O DIRETOR DA EMISSORA de rádio chamou a secretária e ordenou:
— Olhe aqui: previna ao locutor para que neste trecho "dirigindo-se ao Presidente da República" não deixe de dizer "ao" na forma correta.
— Qual é a forma correta? — estranhou a secretária.
O diretor sorriu, superior:
— Então você também não sabe, minha filha? Chame o locutor aqui que eu aproveito e ensino aos dois.
A secretária convocou o locutor pelo interfone e continuou a olhar o diretor, intrigada, repetindo baixinho:
— Au... Au...
— Não é au — corrigiu ele: — É aô.
— Aô?
— Isso mesmo: aô. Assim: "dirigindo-se aô Presidente da República..."
— E por que não pode ser "au Presidente da República", como todo mundo fala?
— Não pode porque não pode. Se todo mundo fala errado, isso não é razão para a gente falar errado também. Ainda mais um locutor. Todo mundo fala "mórna", por exemplo. Pois se deve falar "môrna". Água môrna! "Mórna" é quente. O melhor é sair botando acento em tudo, para não errar. Outro dia, só

porque esqueceram do acento, o locutor aí falou que o comunismo hoje no mundo inteiro não passa de uma "mistíca". Outro falou que a situação política do Brasil é muito "ambigúa". Ambigúa! Você sabe o que é *ao?*

— Au? — a moça o encarava, olhos arregalados.

— Ao: a-ó. Pois se não sabe, fique sabendo: é a contração da preposição a com o artigo ó. Você pode falar "au" quando quiser, mas não neste caso. Aqui, o certo é "aô". Há no português uma regra fonética que proíbe a contração quando se trata de substantivo assim como "Presidente da República".

— Só com o Presidente?

— Só com o Presidente da República, minha filha: e ministro também. De ministro para baixo, pode. A não ser que não seja mais ministro. Ex-ministro vai de au mesmo.

— Au... Au... — experimentou a moça.

— Aô... Aô... — corrigiu o diretor.

O locutor, que havia entrado na sala, aproximou-se, assombrado:

— Me desculpem, mas por que é que vocês estão latindo assim?

Isso, QUANTO à prosódia. Quanto à sintaxe, a coisa é mais grave.

Quando o crítico mostrou o original de um artigo que escrevera sobre o poeta, logo à primeira frase vários protestaram: havia ali um erro de concordância.

— Erro de concordância? — estranhou o autor do artigo, e experimentou em voz alta a frase contestada: — "Não se trata de um dos que um dia abandonará a poesia..."

— Abandonarão! — os outros corrigiram.

O crítico se melindrou:

— Que abandonarão coisa nenhuma! Sou lá algum idiota?

— Idiotismo sintático — diagnosticou um.

— Solecismo, e dos bons — emendou outro.

Irritado, o crítico afirmou que a frase comportava uma elipse:

— Não é um — que abandonará a poesia — entre os que abandonarão.

— Isso não é uma elipse, é um eclipse. Do pensamento.

— Um anacoluto? — arriscou alguém.

Dividiam-se as opiniões, ninguém se entendia. Em vão o crítico tentava mostrar o resto do artigo ao poeta, presente à roda. O do anacoluto era teimoso, queria discutir. O crítico o fez calar-se:

— Anacoluto é a mãe.

O poeta, até ali silencioso por natural modéstia, propôs abandonar a poesia, para resolver o impasse. Alguém mais sugeriu que se acrescentasse o nome de outro poeta, levando assim o verbo ao plural. O autor do artigo, irrredutível:

— Um dos que ABANDONARÁ! — berrava.

Antes que partissem para os sopapos, marcharam dispostos a tudo para uma livraria, onde finalmente esclareceram a dúvida. Um livro sobre questões de linguagem afirmava: "A expressão *um dos que* leva indiferentemente o verbo ao singular ou ao plural."

— Estão vendo? — saltou o crítico, triunfante: — Eu estava certo.

— Eu também estava — tornou um dos paladinos do plural: — Olha o que diz aqui: IN-DI-FE-REN-TE-MEN-TE!

— Eu não dizia? Um anacoluto, minha gente.

Um dos que defendiam — ou defendia — a concordância no singular encerrou a questão, vitorioso, voltando-se para o crítico:

— É isso mesmo! Conosco ninguém podemos!

O BILHETE DE DESPEDIDA

São dez horas da noite, vou caminhando pela Avenida Copacabana. Perco-me no tumulto da calçada em frente ao cinema, onde duas ou três filas de bilheteria se entrelaçam. Abro caminho e sigo em frente, compelido agora por um grupo de mocinhas. Uma delas estica a perna como dançarina, para saltar um obstáculo. Olho para o chão: é um monte de livros.

Detenho-me, estupefato, vendo livro por todo lado: sobre o meio-fio há algumas pilhas, junto a duas ou três malas de viagem; na calçada, perto da vitrine de uma confeitaria, uma porção de livros empilhados. E todo mundo passando por cima, pelos lados.

Inclino-me para olhar: são livros de sociologia, estética, religião, literatura, livros novos e velhos, estarão à venda? Ou estarei bêbado? Vejo mesmo um belo exemplar do último livro de Thomas Merton, que nenhuma livraria ainda recebeu.

Volto-me e dou com um cidadão de costas para mim, mãos na cintura, a observar com interesse um crioulo trocando o pneu de um carro. A mala do carro está aberta. Dela, obviamente, é que saíram os livros, para que saísse o pneu sobressalente.

O homem de mãos na cintura é Alceu Amoroso Lima, dito Tristão de Athayde. Ou Dr. Alceu, como todos o tratamos, cordialmente mas com o respeito e a admiração que a sua importância literária nos inspira.

O que estará fazendo Dr. Alceu nestas paragens? Sua figura não combina com o ambiente. Sinto-o deslocado em Copacabana a esta hora da noite como um esquimó no deserto de Saara.

É o que lhe digo ao abordá-lo, e ele se põe a rir, aquele seu riso claro, puro, contagiante:

— Vou para Petrópolis passar o fim de semana. O pneu furou justamente aqui...

Não chego a lhe dizer do meu espanto diante da quantidade de livros que ele leva na mala do carro para passar um simples fim de semana em Petrópolis. Ajudo a recolhê-los, me despeço dele e o vejo partir com a família, que o aguardava dentro do carro. É um habitante de outro mundo, que Copacabana ignora; com sua família, seus livros, sua vida íntegra, harmoniosa, realizada, é um tipo de homem que esta cidade já não comporta.

— Adeus — ele acena alegremente, já ao volante do carro. E se afasta, e me deixa a invejá-lo, sozinho com meus impasses, minha perplexidade, minhas contradições, procurando em Copacabana um caminho que me leve a algum lugar — que pelo menos me leve até em casa.

OUTRO ENCONTRO fortuito, e bem anterior a este, teve surpreendente sequência — e a ele o próprio Tristão de Athayde se referiu, em seu livro "Meio Século de Presença Literária":

"Encontrei por esse tempo (1943) o jovem Sabino, ainda mal egresso da adolescência, em um noturno da Central. Eu vinha, se bem me lembro, do enterro de Dom José Gaspar. Ele vinha de uma peregrinação à Meca dos jovens daquela época, à Rua Lopes Chaves, residência de Mário de Andrade (...) Conversamos um pouco na Estação do Norte, em São Paulo, depois nos separamos, cada um remoendo as suas melancolias. Vínhamos sentados, cada um em seu vagão. Lá pelas tantas da noite, sinto um travesseiro que se interpõe entre a minha cabeça insone e o encosto do banco. Era ele que o trazia. Sem uma palavra o trouxe. Sem uma palavra o recusei. Sem uma palavra o levou de volta. Veio e foi como uma sombra, no lusco-fusco daquele vagão arquejante da Central, que varava a noite negra com a sua carga de corpos adormecidos ou insones, como nós dois..."

Fiquei desvanecido por ele se lembrar, e com tanta sensibilidade, de um encontro importante para mim. Uma das pessoas de quem Mário de Andrade havia falado com intensidade, em alguns dias de conversa literária, fora justamente ele.

Como o meu destino era Belo Horizonte, em Barra do Piraí eu teria de passar para o trem de Minas e ele prosseguiria até o Rio. No momento da baldeação, fui ao seu carro para me despedir. Pareceu-me que dormia, cabeça reclinada sobre o encosto da poltrona. Tentei fazê-la repousar sobre o pequenino travesseiro que trazia comigo e que ele instintivamente recusou. Então, para não perturbá-lo, despedi-me num bilhete que enfiei na bolsinha da pasta em seu colo, para que não se perdesse. E segui o meu destino.

DESDE ENTÃO VOLTEI a vê-lo inúmeras vezes, ao acaso de nossos rumos distintos um do outro. No entanto, eu me sentia bem próximo dele, no entusiasmo que me inspirava a sua atuação, luminosa como uma estrela solitária na longa noite que baixou sobre o Brasil. Mais de uma vez lhe passei um telegrama de arrebatada admiração por este ou aquele artigo seu.

Como era bom encontrá-lo de surpresa na rua! Que festa de alegria, otimismo e amor à vida se inaugurava em meu coração, ante aquele sorriso largo e saudável com que ele me acolhia. Quando sofreu um acidente de automóvel em Petrópolis, subi a serra para visitá-lo no hospital. Já na casa dos oitenta anos, era surpreendente a vivacidade que manifestava, embora vítima de grave fratura que o obrigava a manter na cama os membros inferiores engessados em rígida e desconfortável postura, pernas separadas:

— Veja só — gracejou, quando entrei no quarto: — Nunca pensei que ainda acabaria assumindo esta postura ginecológica.

Levei comigo um projetor e, para distraí-lo, exibi ali mesmo os filmes que havia feito sobre alguns escritores brasileiros. Num deles, sobre José Américo de Almeida, fizera questão de filmá-lo em sua casa, para que ele prestasse ao vivo um depoimento sobre o romancista que foi o primeiro a enaltecer. De sua parte, mostrou-se entusiasmado com a atuação de Pedro Nava, achou graça nas brincadeiras de Érico Veríssimo e Carlos Drummond. Eu me alegrava com sua reação, pois no fundo temia que o desastre por ele sofrido tivesse graves consequências.

Em vez disso, pouco tempo depois o revejo lépido e bem-disposto em novos encontros fortuitos, ao longo dos anos que lhe restavam de vida. Foi com emoção que li ainda o artigo em que ele saudou um novo romance meu.

Antes, porém — anos antes —, de passagem um dia em Belo Horizonte, onde por acaso ele também se achava, o reencontrei na redação de "O Diário", em meio a vários amigos comuns. Então, não sei a que propósito, relembramos aquela nossa remota viagem de trem, cerca de vinte anos atrás. Ele fez qualquer referência ao travesseiro e meu desaparecimento no meio da noite, sem me despedir...

— Não quis acordá-lo — expliquei: — Por isso fui-me embora deixando só aquele bilhete.

— Bilhete? — estranhou ele: — Que bilhete?

— O bilhete que enfiei na bolsinha de sua pasta, não se lembra?

Ele disse que não havia encontrado bilhete algum, estava certo disto.

— Deixei a ponta de fora, bem à vista.

— Então caiu sem que eu percebesse. Ou o empurrei para dentro sem me dar conta...

De súbito sua fisionomia se iluminou:

— Espere... Se você deixou na pasta, só pode ter sido esta aqui, que eu uso há mais de vinte anos. Foi o Jackson de Figueiredo que me deu.

Abriu a pasta que trazia consigo. Seus dedos tatearam o interior da bolsinha sob a tampa — e encontraram! Acabaram sacando lá de dentro um pedaço de papel amassado e amarelecido pelo tempo. Ele o desdobrou cuidadosamente, para que não se esfrangalhasse, e leu em voz alta algumas palavras, em tinta já esmaecida. Palavras que para ele eram de simples despedida, mas para mim uma mensagem que me vinha, através dos tempos, do jovem ao homem feito.

O PÃO CARIOCA DE CADA DIA

NEM SÓ DE PÃO VIVE o homem — e o carioca muito menos. Quando eu morava no Leblon, o que mais me intrigava era aquele prédio estranho perto da minha casa, cheio de janelas gradeadas e paredes de um amarelo ocre escurecido pelo tempo. Todas as noites, ao passar por ali, por mais tarde que fosse, eu via luzes acesas lá dentro e ouvia um ruído esquisito, sussurro de vozes, como um borborigmo vindo das entranhas do prédio. Às vezes via sombras furtivas que deslizavam pela rua e desapareciam por uma porta lateral. Cheguei a imaginar que se tratasse de um antro de jogo clandestino. Embora curioso, nem por isso me aventurei a entrar também, temendo uma possível incursão da polícia.

Logo, todavia, minha curiosidade se satisfez, quando um agradável cheiro de pão recém-saído do forno revelou-me certa noite que o misterioso prédio era simplesmente uma padaria.

Hoje moro em Ipanema, os tempos mudaram, mas as padarias continuam funcionando madrugada afora, tal como antigamente. É o único ramo de produção alimentícia que ainda resiste à industrialização em larga escala. A não ser o de alguns tipos especiais, acondicionados em papel impermeável e destinados ao consumo em supermercados, o fabrico do pão continua sendo uma atividade praticamente artesanal, como nos tempos medievais. O interior de uma padaria na Tijuca ou no Méier se parece até hoje com um quadro de Bruegel, o Velho.

QUANDO ME encomendaram um texto sobre o carioca e o pão, achei que seria mais fácil escrever sobre o mineiro e o pão de queijo. Mas resolvi aceitar o desafio, ainda que tivesse de comer o pão que o diabo amassou.

A impressão que se tem é a de existir no Rio de Janeiro uma padaria para cada quarteirão. Na lista telefônica constam mais de quinhentas.

É muito, tendo em vista que em 1818, segundo informa Debret, havia na corte apenas três padeiros. A maioria da população se valia do pão feito em casa, em geral com elevada mistura de farinha de mandioca e outras, pois a de trigo vinha a ser um produto precioso, importado de Portugal. Era o chamado *pão brasileiro*, também conhecido como *pão da América*. Conhecido e mal-afamado.

Aliás, um pouco de erudição não pegaria mal, como ligeira digressão nesta crônica também ligeira. Consultando a enciclopédia, verifico que a arte de fabricar pão com farinha de trigo foi muito cedo iniciada pelos povos da Europa Oriental. Os beócios foram os primeiros a praticá-la e, portanto, pelo menos neste particular, não eram tão beócios assim. O próprio cidadão cozia o pão em forno doméstico. As primeiras padarias apareceram em Roma no tempo de Trajano. Os fornos, no tempo de Tarquínio.

Dito o quê, volto ao Rio, para dizer que o carioca vive sob o signo do pão — a partir, se me permitem o lugar-comum, da sua simbólica presença no cartão-postal da cidade sob a forma de um morro chamado Pão de Açúcar.

A padaria, em geral também na sua condição suplementar de confeitaria e às vezes até de sorveteria, é o primeiro ponto de convergência da vida comunitária de um bairro. Carlos Drummond de Andrade me contou que, ao mudar-se para o Rio, foi morar em Copacabana, numa vila da Avenida Princesa Isabel. Lá o descobriu logo o padeiro da vizinhança, passando a fornecer-lhe pão de graça durante uma semana, para conquistar o freguês.

A padaria prestava outros serviços: ali se afixavam avisos como "precisa-se de empregada" — e estas logo apareciam.

As empregadas continuam, ao que eu saiba, grandes frequentadoras de padarias. À tardinha, principalmente, formam filas para buscar, ainda fresco, o pão da última fornada, que não é mais entregue a domicílio. Os padeiros, acolhedores como costumam ser os de origem lusitana — em geral são eles que se ocupam do ramo —, sempre as trataram com calor e simpatia. Especialmente as mulatas, de sua mais que justificável predileção. Foi o caso daquela mulatinha, empregada de uma amiga minha, que um dia apareceu grávida e, interpelada pela patroa, confessou ter sido o padeiro.

— O padeiro? Mas se você foi na padaria só uma vez!

E ela, erguendo os ombros, com um suspiro resignado:

— Pois é.

Resolvi, para ilustrar-me, visitar uma padaria de Copacabana que, segundo me disseram, é famosa pela qualidade do seu pão francês. Aprendi ali que o referido pão, originalmente *baguette* na França e dito *bisnaga* no Rio, é conhecido como *bengala* em São Paulo e como *cacete* no Rio Grande do Sul e no Ceará, vejam só. O pão francês, propriamente dito, viria a ser aquele grandão e redondo como uma broa, que dura vários dias e que se abraça como a uma criança no colo para cortá-lo de fora para dentro, firmando-o contra o peito. Ou seria este o italiano? Já o alemão era aquele de fôrma, cinzento e um pouco duro, a meio caminho do pão preto.

As novas gerações se habituaram ao pão de fôrma, como parte integrante dos sanduíches mais requintados, ou ao pão redondo e ao cilíndrico, dito careca, um pouco adocicado para o meu gosto, de muita massa e quase nenhuma crosta. Destinam-se respectivamente ao hambúrguer e ao cachorro-quente.

Nisso se limitam meus conhecimentos em relação ao assunto. Mas cultivo pelo pão, desde a infância, certo sentimento de reverência. Fui educado sob o piedoso preceito de que se trata de alimento sagrado, cujos restos jamais devem ser jogados no lixo. E creio que semelhante veneração, decorrente de nossa formação cristã, é bem mais generalizada do que parece. Não chegamos ao exagero muçulmano de cultuar pedaços de pão, como em Argel, por exemplo: pude ver lá, nos nichos, reentrâncias e frestas de cada parede, na soleira das portas e no parapeito das janelas, restos de pão expostos ao tempo até apodrecer.

O carioca não é pão-duro. Mas o mais barato recurso alimentar que lhe restava, o tradicional pão de tostão, não existe mais. Vivendo quase a pão e água, ele não teria como seguir o conselho de Maria Antonieta aos famintos franceses de, à falta de pão, comer brioches. Com o carioca é pão, pão, queijo, queijo: jamais dirá "deste pão não comerei".

A ESCADA QUE LEVA AO INFERNO

MINHA FILHA APARECEU aqui em casa com um bando de amiguinhas, a meu pedido. Todas andam pelos 13, 14 anos. Era minha intenção conversar com elas, saber a quantas andam essas meninas hoje em dia, no início dos anos 1970.

Talvez o fato de ser pai de uma delas as constrangesse um pouco, ou a mim mesmo — o certo é que eu não soube muito bem o que perguntar, e acabamos conversando generalidades.

Pude apurar que continuam considerando "O Pequeno Príncipe" o melhor livro que já leram. Não leram muitos: Uma citou "Fernão Capelo Gaivota", outra citou "Jane Eyre", nenhuma citou os livros da coleção "Menina-moça" do gênero "Poliana". Em matéria de música, continuam todas gostando dos Beatles. Preferem Chico a Caetano. Sabem quem é o Presidente dos Estados Unidos, mas não têm senão uma vaga ideia de quem seja Fidel Castro, nem o que é comunismo. Conhecem e empregam com candura os maiores palavrões existentes, para pontuar a conversa. Algumas já fumam, mas estão tentando parar. Em matéria de bebida, continuam grandes consumidoras de Coca-Cola (uma delas me perguntou se tinha cerveja. Não tinha). Quando me referi a namorados, limitaram-se a mencionar uns meninos chamados Dudu, Caco, Dida e outros apelidos assim: todos surfistas, "o maior barato".

O assunto não foi longe. O interesse delas me pareceu inconstante e difuso: falam ao mesmo tempo, se agitam, riem muito, acham graça em tudo. Estão naquela fase em que deixaram ontem de ser crianças e ingressam desprevenidas na puberdade, para mergulhar em breve nas águas escuras da adolescência. Não admiram os "hippies": para elas são pessoas que escolheram viver à toa, mas à custa dos outros. Veem televisão por desfastio, não se entusiasmam pelas novelas nem pelos atores. Não leem nem jornais nem revistas. Não ligam para futebol nem nenhum esporte. Na verdade não ligam para nada. Estão na delas — não se cansam de repetir.

Não fiquei sabendo qual era exatamente a delas, e acabei eu próprio dizendo qual era a minha — entre outras coisas condenando o cigarro como o pior dos vícios, enquanto fumava um atrás do outro. Depois que saíram, fiquei pensando que talvez a precocidade delas venha a ser apenas aparente: estão exercendo inocentemente a sua meninice, até chegar a hora da verdade — a de enfrentar como mulheres o que a vida lhes reserva. E seja qual for o mundo de erros, confusão e violência que as espera, certamente conseguirão sobreviver.

Estava eu nesta ilusão, quando no dia seguinte... Parece até ter sido de encomenda: cinco meninas da mesma idade e da mesma classe social, alunas de um colégio, vieram me entrevistar, a mando de sua professora. Eu é que acabei por entrevistá-las — e apesar da naturalidade que procurei simular o tempo todo, fui passando aos sobressaltos, surpresa em surpresa, da simples curiosidade ao extremo estarrecimento. Acabei em estado de choque.

Não que eu seja assim tão careta, como elas próprias fizeram questão de admitir. Até que sou legal — segundo a condescendente opinião de uma delas. Exatamente a que me chamou de biriteiro quando me viu tomando uísque e perguntou, com a maior naturalidade, se eu não *descolava um baseado* para elas.

Baseado, para os não iniciados: maconha.

É isso aí: todas elas fumavam maconha.

Não éramos inocentes no nosso tempo, como muitos sustentam hoje em dia — e até acreditam estar falando a verdade. Se esquecem dos tremendos porres de gim, cachaça, ou o que quer que contivesse álcool, tomado às escondidas, às vezes no gargalo. E mais: havia quem gostasse de dissolver no cuba-libre, que era a bebida da moda, certo medicamento caseiro, afirmando que isso provocava (nunca cheguei a experimentar) a sensação a que hoje chamam de *barato*. E mais: pílula para ficar acordado — e nem sempre para estudar às vésperas de exame: de pura farra. Mas o nosso barato mesmo era curtido no carnaval com o lança-perfume — e havia quem guardasse uma reserva para o ano inteiro.

Só que passamos por tudo isso aos 18 anos: éramos rapazes, tontos de mocidade, queríamos abraçar o mundo com as pernas e experimentar de tudo, por mera curiosidade. Nenhum de nós, ao que eu saiba, se tornou viciado — a não ser, é lógico, o famigerado cigarro com que preparo hoje o câncer de amanhã — e os poucos que fizeram do álcool um inimigo.

Ao passo que essas meninas de hoje — e são meninas! — se iniciam na maconha aos 13 anos. É possível que nisso também sejam precoces, como em tudo mais: passam por essa fase só de curiosidade, em breve estarão noutra — como as que me visitaram na véspera.

Seria bom acreditar que assim seja — se fosse só isso.

UMA DAS MENINAS, a mais viva e inteligente, guriazinha de cabelos longos e corpo ainda de criança apesar da puberdade já manifesta, me disse a certa altura que hoje está só "no fumo": abandonou "todo o resto".

Resto? Que resto?

Ela foi desenrolando a sua história, a cada pergunta minha. Viciou-se em maconha aos 11 anos: puxava fumo o dia inteiro. (Hoje *só* consome dois cigarros por dia). A própria mãe a iniciou: fumava na vista da filha, juntamente com o pai e as visitas; largava os cigarros de maconha por todo lado, propositadamente, como por esquecimento, para que ela experimentasse. Quando a mãe a viu fumando, lhe disse que era isso mesmo, maconha não tinha importância: só não cheirasse pó (a tia é viciada em cocaína), "a não ser depois dos trinta anos, quando a mulher já não tem mais nada a esperar da vida". Até que um dia a tia a iniciou também nesse vício. O primo (17 anos) se encarregava de arranjar a droga, que mais tarde ela própria passou a obter "com a turma da Praça". Da última vez pagou 300 cruzeiros por duas gramas. E onde arranjava dinheiro? Ela riu: na carteira do pai, na bolsa da mãe — "descolava pelo menos quinhentos de cada vez". Que pais eram esses, que não davam por falta de quantias tão grandes? Sim, eles são ricos, mas estão se psicanalisando — em sua casa o dinheiro vai todo para os analistas. Ela própria tem o seu. E cruzou as pernas que a minissaia deixava à mostra, atirando os cabelos por sobre os ombros com as costas das mão num gesto a um tempo coquete e nervoso, incontidamente repetido como o sestro dos viciados:

— Mas eu acho que consegui parar em tempo.

Corri os olhos pelas outras, que ouviam nossa conversa com naturalidade:

— E vocês?

Sim, também já haviam experimentado. Passei adiante: e LSD? Uma delas me disse que tomou ácido pela primeira vez com o namorado, um menino de 17 anos. Outra disse que uma amiga trouxe para ela do Peru. Outra ainda conseguira "de um cara que fornece fumo para nós" (de graça da primeira vez, através de um menino por ele aliciado e que acabara também traficante). Elas próprias conheciam várias bocas de fumo e vendedores de pó, sabiam obter diretamente.

Eu ouvia tudo aquilo como se estivesse sonhando: parecia uma conversa inocente de crianças, falavam de drogas e entorpecentes como sobre doces e sorvetes. Quem sabe o inocente era eu? Quer dizer que todo mundo aceita isso, ninguém mais se espanta? Nem mesmo a ilegalidade que praticavam as assustava? E o risco que corriam? Elas riram, como se eu estivesse falando um absurdo. Pois não seria eu que haveria de denunciá-las, ficassem tranquilas: fiz mesmo questão de não lhes perguntar os nomes, nem onde moravam, nem de que colégio eram. Limitei-me a continuar descendo um a um os degraus da escada que leva ao inferno: bolinhas? Só de vez em quando. Uma disse que tem uma irmã de 18 anos que está tomando quarenta por dia: já não fala direito, baba o tempo todo, tem os movimentos descoordenados. Outra disse que guarda em casa um monte de receitas. Arrisquei ainda mais, usando a linguagem delas: e pico?

Não, ainda não experimentaram. Mas o tal primo de 17 anos está com os dois braços inutilizados, agora tem que tomar picadas nas veias do pé. Uma menina conhecida delas, em vez de heroína, injeta na veia bolinha dissolvida.

A essa altura eu estava tonto — quem parecia drogado era eu. Desviei a conversa para assuntos mais amenos: o amor, por exemplo. Elas tinham namorado? Pretendiam se casar com eles?

Bem, casar, propriamente, não: morar junto, talvez. Experimentando antes, é claro. Eu já esperava por tudo, mas não pelo que uma delas acrescentou — justamente a que foi iniciada na maconha pela mãe:

— Eu, por exemplo, experimentei pela primeira vez na semana passada.

Aos 13 anos, com o namorado de 17. Já haviam tentado antes, mas ele havia fracassado. Concordou comigo que ainda não se sente muito preparada, pode ser que mais tarde seja melhor. Para surpresa minha, as outras se manifestaram indiferentes — ainda não estavam pensando nisso: deixariam para mais tarde — quando tivessem 15, 16 anos...

De repente ela se voltou para mim com intensidade:

— Você acha que eu devo parar com o fumo também?

— É claro que deve — respondi com convicção.

— O que eu preciso é de apoio — confessou ela.

Aquilo me comoveu. Tive pena daquela criança tão desprotegida num mundo feroz a ameaçá-la por todos os lados. Tanto poderia se salvar como acabar brutalizada e morta aos 16 anos numa cama de motel. Que fazer por ela? Pensei em lhe sugerir uma fonte qualquer de interesse imediato, emprestar-lhe um livro. Não haveria de ser uma leitura piegas sobre a moral e os bons costumes: alguma coisa que tocasse mais fundo a sua sensibilidade tão machucada pela vida.

Uma amiga minha que chegara em tempo de ouvir parte da sua história, tão impressionada como eu, sugeriu o livro certo: Clarice Lispector.

— Este você vai curtir — avisei: — Mas para isso é preciso deixar o fumo primeiro.

Ela se foi em meio às outras, e alguns dias se passaram. Hoje de manhã me telefonou para dizer que havia começado a ler o livro, e estava gostando.

EDIFÍCIO ELIZABETH

Detenho-me para cruzar a rua. De repente me vejo parado nesta mesma Avenida Copacabana, décadas atrás, quando me mudei para o Rio.

Bolsos atulhados de recortes de anúncios, eu me aturdia ante a pergunta angustiosa e sem resposta: onde é que eu vou morar? Havia uma marchinha de carnaval que perguntava justamente isso. Todos os apartamentos vazios eram sempre ocupados por alguém que chegava cinco minutos antes de mim.

Nessa época é que surgiu a anedota sobre o sujeito que, antes de salvar o que ia se afogando e pedia socorro, perguntou seu endereço e correu a alugar o apartamento, já o encontrando ocupado pelo que jogara dentro d'água o morador.

Mas isso era folclore, não resolvia o meu problema de conquistar uma vaga naquele mundo hostil de arranha-céus. Voltar para Minas — pensava então, como o Tutu Caramujo do poema de Carlos Drummond, "na porta da venda, a meditar na derrota incomparável".

Foi quando dei com as letras bordadas em cobre "Ed. Elizabeth" — estas mesmas que tenho agora diante de meus olhos, do outro lado da rua.

Fui até lá, anunciei com decisão:

— Eu sou aquele que vai alugar o apartamento.

O porteiro me olhou espantado:

— Como é que o senhor sabe que tem um apartamento para alugar?

— Quem jogou o homem n'água fui eu.

Ele não entendeu, mas concordou em me mostrar o apartamento. Depois de disputá-lo com sessenta outros pretendentes, saí vencedor — e Quincas Borba falou pela boca da proprietária, ao eleger-me seu inquilino, de pura exaustão:

— Ao vencedor, as batatas.

Instalei-me no sexto andar do Edifício Elizabeth e passei a olhar a rua com a superioridade de quem não precisava sair de casa para saber que filme o cinema Metro estava levando: bastava debruçar-me à janela e olhar os cartazes. É verdade que pela manhã os bondes — havia bondes naquele tempo! — entravam por um de meus ouvidos e saíam pelo outro. Mas eu compensava o barulho, fazendo mais barulho ainda durante a noite.

Honra seja feita também aos demais moradores do Edifício Elizabeth! Nunca nenhum deles jamais reclamou. Nem mesmo na noite em que Pablo Neruda arrastou para o apartamentinho mais de vinte convivas, arrebanhados no Vermelhinho, e todos se divertiram dançando a "cuenca", que é uma dança chilena. Jayme Ovalle sapateou macumba ao som do batuque, o Barão de Itararé gargalhou infrene por detrás das barbaças e o único ruído que não se podia ouvir a léguas de distância era a risadinha de Manuel Bandeira.

SE ALGO me encabulava no Edifício Elizabeth, vinha a ser a distinção de meu vizinho de andar, um rapaz simpático, fino e bem-educado, que nunca se incomodou com o barulho. Um dia vim a saber que se chamava Marcelo Roberto e era um dos maiores arquitetos modernos do Brasil. (Não fora, porém, quem arquitetara aquele miraculoso edifício com moradores à prova de som.) Trocávamos distintos cumprimentos de elevador, e eu mal ousava levantar os olhos pela manhã, temendo que ele dissesse: "Ontem também já foi demais! Tocar bateria às três horas da manhã!" Era o que eu às vezes fazia, para exorcizar meus demônios.

Uma tarde nossas portas se abriram ao mesmo tempo. Cada um arriscou o olhar para dentro do apartamento do outro, e descobrimos que a mesma reprodução de Cézanne enfeitava as respectivas salas. No dia seguinte ambos os quadros haviam desaparecido da parede.

NO EDIFÍCIO Miraí, a dez passos de distância, morava Carlos Lacerda e no Arali, mais dez passos, Paulo Mendes Campos — este, inquilino de uma senhora que acabou se atirando pela janela (não sei se por causa dele). Numa pensão da esquina de Constante Ramos com a praia, pertencente a um casal de franceses, Otto Lara Resende ensaiava os primeiros passos no udigrude copacabanal, naquele tempo chamado *bas-fond* (nome dado por ele à pensão e seus proprietários Monsieur Bas-Fond e Madame Bas-Fond).

Moacir Werneck de Castro morava no Belvedere, logo adiante, o único edifício do mundo que tinha um bonde ladeira acima em lugar do elevador.

Todos trabalhavam em jornal. A partir da meia-noite iam chegando. Viam minha janela acesa no sexto andar, assobiavam, eu jogava a chave e eles subiam para saber o que havia. Lá pelas duas da manhã concluíamos que não havia nada e mandávamos vir cerveja do Alcobaça, o botequim mais próximo. Ficávamos então aguardando a chegada de Vinicius de Moraes e Rubem Braga, que tinham telefonado do Alcazar (para saber o que havia). Certa noite, ao despedir-se quando deixava o edifício, Vinicius interrompeu a conversa e saiu correndo pela rua a gritar "Olha o vinte! Olha o vinte!". Era o bonde que o levaria em casa, o último; Carlos Castelo Branco, também se despedindo, não pensou duas vezes: disparou atrás dele até pegar também o bonde — e lá se foi o Castelinho para o lado do Leblon, quando de fato morava era em Vila Isabel.

Podíamos fundar um jornal ou uma revista, fazer um movimento, até mesmo uma revolução, pois sabíamos tramar nas sombras. Ou então, à lavoura, brutos! Em vez disso, ouvíamos Duke Ellington a todo pano, perturbando o sono de duas menininhas que moravam no segundo andar, chamadas Danuza e Nara Leão.

Às quatro da manhã, se Oswaldo Alves não resolvesse dormir no sofá da sala, saíamos todos para dar uma surra em Octavio Dias Leite, que, do Alcobaça ainda aberto, nos dirigia a todo momento telefonemas recheados de palavrões.

UMA NOITE, a janela do 601 do Edifício Elizabeth ficou inutilmente acesa, ninguém apareceu. Um se mudara para longe, outro se casara, outro se desquitara, outro cometera a indelicadeza de morrer, outro simplesmente deixara de ser meu amigo. A madrugada rompeu, trazendo consigo a certeza de que se inaugurava uma nova era. É possível que pela primeira vez os vizinhos tenham estranhado e pensassem em reclamar contra o silêncio.

E em silêncio comecei a arrumar as malas e as ideias, pouco depois abandonava para sempre o Edifício Elizabeth.

DESENCONTRO MARCADO

É UMA HISTÓRIA DE AMOR, esta que me vem numa revista, em meio a notícias de guerras, crimes e miséria em todas as partes do mundo.

Fala-nos da Grécia, e se refere a um pobre lavrador chamado Athanassios que, aos 25 anos, resolveu emigrar para os Estados Unidos. Acontece, todavia, que Athanassios tinha uma namorada de 15 anos chamada Soultana, a quem dedicava o mais puro amor, em nome do qual lhe fez duas promessas: que jamais se interessaria por nenhuma mulher além dela e que, tão logo fizesse fortuna, mandaria buscar sua bem-amada na cidade turca de Yalazac, onde ela morava, para que se casassem. Soultana, por seu lado, prometeu esperar por ele, e então se separaram. Isso se passou em 1913.

Athanassios conseguiu emprego numa fábrica de Detroit, e de vez em quando mandava uma nota de cinco dólares para a namorada ir juntando até que pudesse comprar sua passagem. Mas sobreveio a Grande Guerra de 1914. O tempo foi passando sem que o sonho dos dois se realizasse. Em 1922, a guerra entre a Grécia e a Turquia fez com que eles perdessem o contato por mais um ano. Desde então, lutaram inutilmente para conseguir a inclusão dela na lista americana de imigração, e quando parecia que iam enfim realizar o seu já antigo desejo, a crise de 29 veio mais uma vez torná-lo impossível. Em 1930,

Athanassios consegue enviar aos irmãos de sua amada o dinheiro necessário à viagem dela para a América, 275 dólares duramente economizados.

Os irmãos nunca fizeram chegar à moça nem o dinheiro nem a carta de seu fiel namorado, mas, ao contrário, mandaram lhe dizer que há muito não tinham a menor notícia dela.

Cansada de esperar por ele, Soultana, em 1933, já com 35 anos, acabou cedendo aos argumentos de sua família: Você nunca mais na vida haverá de ver esse homem — era o que lhe diziam. E aceitou a ideia de casar-se com um tal de Savides, que não tinha entrado na história.

Os anos passaram, veio a Segunda Guerra Mundial. Athanassios entrou no comércio do café e melhorou de vida, enquanto do outro lado do mundo Soultana Savides se tornava mãe e finalmente avó. Em 1956, chegou um dia ao conhecimento dele, por acaso, que ela ainda vivia, e morava na cidadezinha de Navondredi. Ainda solteiro por fidelidade ao seu juramento, e sem refletir um só instante, largou os negócios, esqueceu tudo e embarcou imediatamente para a Grécia. Ao saber que estava casada, resolveu renunciar ao seu velho sonho de amor e regressou aos Estados Unidos decidido a esquecê-la para sempre.

Mas em janeiro de 1958 teve a surpresa de receber um telegrama: "Venha imediatamente ou tomarei veneno." Não esperou um minuto para atender ao chamado: tornou a embarcar, e ela deixou para trás sua casa, marido, filhos, netos, tudo, foi encontrar-se com ele. O marido ficou desesperado, mandou a polícia perseguir o casal, mas acabou desistindo: ele sabia da história e sua mulher sempre dissera: "Se algum dia Athanassios aparecer, largo tudo e vou com ele."

E passaram a viver juntos, ele com setenta anos, ela com sessenta, num apartamento de um só quarto na cidade de Edessa, ao norte da Grécia.

IMAGINO O QUE não será a vida desse casal, se é que ainda estejam vivos. Passadas as primeiras horas de deslumbramento, que restaria de sua linda história de amor, depois de tanta espera? Que restaria deles próprios, tal como se conheceram e se amaram na juventude? Ela, uma respeitável matrona, em cuja neta ele talvez encontrasse a Soultana de 15 anos de quem se separou. Ele, por seu lado, um ilustre desconhecido aos olhos dela, de cabelos brancos, mais distante do verdadeiro objeto de sua afeição que o tal Savides, pai de seus filhos, avô de seus netos, que não tendo nada com a história, dela acabou sobrando. Gostaria de imaginá-los felizes até o fim — mas temo que a realidade tenha sido muito outra: 45 anos de separação! Que espécie de felicidade será essa? A de se olharem no rosto maltratado pelo tempo, à espera de que o amor realize afinal o prometido milagre? Pobre Athanassios, fiel ao seu juramento de namorado, feito num dia qualquer de 1913 — pobre Soultana, grega adolescente que naquele dia o viu partir e desejou sempre a sua volta — na verdade esses não se encontraram e jamais se encontrarão. Estão mortos, não passam de dois fantasmas que se olham, como ao fim de uma longa batalha em que ambos saíram vencidos. É possível que tenham vindo a se amar ainda, desde então, mas de um amor sujeito às imperfeições da convivência, sem a grandeza que só a renúncia poderia assegurar.

Tiveram de renunciar é ao sonho que os fez viver um para o outro e que o tempo irremediavelmente comprometeu. Ele, tentando esquecer a lembrança que conservou dela, e o juramento, e o passado de heroica solidão. Ela, tentando ignorar o marido, e os filhos, e os netos, e o estrago que deixou atrás de si. Apenas dois velhos aflitos que se buscam, para dissipar no pouco tempo que lhes restava toda uma vida de esperança e de ilusão.

A MULHER PERDIDA

NOITE DE GALA NA BOATE Sucata, no Rio de Janeiro. Tudo devido ao talento do grande empresário Oswaldo Sargentelli. Depois do espetáculo, os fregueses, mais de quatrocentos, foram aos poucos se retirando.

Restou apenas um cidadão solitário, numa mesa onde a despesa ia altíssima, pois vários haviam passado por ela, consumindo alguns litros do mais fino champanhe francês. E o homem sem arredar pé, enquanto as cadeiras ao redor já iam sendo empilhadas sobre as mesas. O garçom veio avisar ao Sargentelli que o freguês se recusava a ir embora.

— Apresenta a conta e diz que estamos fechando — ordenou ele.

— Já apresentei.

— E daí?

— Ele diz que não paga.

— Diz que não paga — e sacudiu a cabeça, desanimado: — Isso é hora de alguém criar caso e dizer que não paga, quase cinco da manhã!

— Bem, ele diz que não paga, enquanto a mulher não aparecer — esclareceu o garçom.

— Mulher? Que mulher?

— A mulher que estava com ele, eu acho. Só que não tinha mulher nenhuma com ele.

— Se não tinha, como é que estava com ele?

Resolveu enfrentar pessoalmente o problema:

— Bom dia! — disse para o freguês, aproximando-se dele com um sorriso apaziguador.

— Bom dia? Você considera isso um bom dia? Depois do que me aconteceu?

— Que foi que aconteceu?

— Aconteceu que perdi a mulher, você acha pouco?

— Que mulher?

— A minha, queria que fosse qual? A sua?

— Vamos com calma, meu amigo. Convém não perder a calma e ir acertando logo a nota, que está na hora de fechar, o pessoal tem de ir embora.

— Eu pago quando sair. E não saio enquanto não achar a minha mulher — tornou o freguês, categórico.

Com um suspiro nascido das suas mais profundas reservas de paciência, ele se dispôs a fazer o capricho do homem. Mobilizou o pessoal que ainda estava por ali — alguns garçons, o caixa, o porteiro — e fez com que dessem uma batida em regra pelo lugar inteiro, procurando a mulher por tudo quanto era canto: no toalete, nos corredores, nos camarins, no palco, nos bastidores, debaixo das mesas e cadeiras, até no toalete dos homens.

— Posso lhe garantir com a mais absoluta segurança que sua mulher não está em lugar nenhum desta casa. Se esteve aqui, foi embora há muito tempo.

— Já disse que não saio daqui enquanto ela não aparecer.

Ele coçou a cabeça, irresoluto: e agora? Dispunha-se de bom grado a abrir mão da conta, desde que o freguês fosse embora, o seu pessoal estava caindo de sono. Mas o diabo é que sentia no homem uma convicção tão sólida que no fundo sua tendência era a de lastimá-lo: coitado, deve ser uma parada perder a mulher assim sem mais nem menos, evaporar-se dentro de uma boate.

— Eu compreendo perfeitamente a sua situação, mas você também há de compreender...

Foi quando o porteiro, que dera uma saída para espairecer um pouco à luz do novo dia que raiava, voltou, sugerindo timidamente:

— A Mercedes dele está ali fora... Por que ele não dá uma olhada na Mercedes?

Os olhos do homem se acenderam:

— A Mercedes! É isso mesmo, a Mercedes.

E saiu estabanado. Sargentelli anunciou, conformado:

— Acabamos de cair no conto da Mercedes.

Não daria mais para apanhá-lo, o homem certamente já havia arrancado para sempre com seu carro, que talvez nem dele fosse.

Mas eis que ele ressurge num andar triunfante, a exibir esplendoroso sorriso, como que colhido nos primeiros raios de sol que já brilhava lá fora:

— Vamos comemorar, pessoal! — comunicou num gesto largo.

Tornou a sentar-se e ordenou, batendo na mesa:

— Champanhe para todo mundo! E do melhor, faço questão, que hoje é um grande dia: acabo de encontrar minha mulher, ela está lá no carro dormindo.

O pessoal, Sargentelli inclusive, não teve outro jeito senão aceitar.

BISCOITOS E PIRÂMIDES

UM DIA, POUCO ANTES de sua morte, Guimarães Rosa me telefonou para conversar, como acontecia de vez em quando, e bisbilhotou:

— Que é que você está fazendo?

Contei-lhe que estava no momento tentando transformar um conto numa pequena peça de teatro. O grande romancista, conforme já contei mais de uma vez e outros por mim, me advertiu então com ar blandicioso:

— Não faça biscoitos: faça pirâmides...

Na hora julguei entender o sentido lógico desta metáfora. A primeira conotação que ela sugeria era de dimensão, a segunda de duração — de ambas decorrendo um critério de qualidade: um biscoito é pequeno, portanto desprezível — uma pirâmide é monumental, portanto grandiosa; um biscoito é consumível, logo efêmero — uma pirâmide é permanente, logo eterna.

Não só a tal peça de teatro não saiu, como a partir de então me senti esmagado pelo conselho do autor de "Grande Sertão — Veredas" e "Corpo de Baile" — duas pirâmides, sem dúvida alguma. Que diabo eu podia pretender com meus livros? Um crítico mais realista chegou, mesmo, a me expulsar da literatura, afirmando numa revista que eu era inventor de um gênero composto de pequenos escritos sem qualquer dimensão literária. Ou seja: de biscoitos.

Passei a sonhar então com um romance de no mínimo oitocentas páginas — ou vários romances em série, dez, quinze, que fossem uma espécie de painel da vida contemporânea, apresentado através da minha experiência vital — qualquer coisa assim, gigantesca, piramidal — a minha pirâmide. Enquanto isso, ia produzindo os meus biscoitos, sem aspirar para eles uma condição de grandeza e perenidade.

Com o tempo, todavia, a coisa se complicou um pouco: não apenas minha pirâmide não saía, esfacelando-se em sucessivos biscoitos, como tomei consciência de que nem só de pirâmides vive a literatura. A própria cultura universal, desde a antiguidade clássica, se compôs de grandes monumentos erguidos por Platão, Aristóteles e outros gigantes, mas entre eles encontramos também os escassos fragmentos de Heráclito, meros biscoitos e nem por isso menos preciosos.

Para ficarmos na prosa da ficção: se na Rússia Tolstoi, Dostoievski e Gogol ergueram pirâmides, outros grandes escritores fizeram seus biscoitos com igual sucesso, como Pushkin, Tchekhov, Andreiev. Na França, se temos de um lado Balzac, Proust, Stendhal, Rousseau, Victor Hugo, não sei se incluiria Flaubert entre eles, ou de preferência na categoria de Montaigne, La Fontaine, Voltaire, Maupassant, Merimée, Molière, e tantos outros fazedores de biscoito. (Para não falar em pipoqueiros, como Jules Renard.)

Sartre podia pretender estar entre os primeiros, mas sem dúvida Gide e Camus se alinharam entre os segundos. Na Inglaterra, a tradição das pirâmides foi seguida por Dickens, Fielding, Thackeray, Emily Brontë, Jane Austen, mas dificilmente uma Charlotte Brontë poderia ser mencionada entre eles. No nosso tempo, Graham Greene, por exemplo, veio produzindo seguidos biscoitos com grande sucesso.

Se Joyce partiu para a pirâmide, Kafka contribuiu para revolucionar a literatura moderna com os seus biscoitos de absurdo.

Nos Estados Unidos, Melville ergue uma pirâmide do tamanho de uma baleia, enquanto Poe e Mark Twain fabricam seus biscoitos, uns de terror, outros de humor. John dos Passos erige seu monumento à civilização americana, enquanto Hemingway passa a vida tentando o seu sobre a guerra, para acabar conquistando o Prêmio Nobel depois de produzir sua obra-prima, um biscoito: "O Velho e o Mar".

E tem também o grande biscoiteiro Jorge Luis Borges.

No Brasil, destaca-se a pirâmide erguida por Euclides da Cunha. Em compensação, o maior de nossos ficcionistas, Machado de Assis foi a vida inteira um emérito fabricante de biscoitos — embora a sua obra, em conjunto, venha a ser piramidal. Uma sucessão de pirâmides se prolongou até nossos dias, com o próprio Guimarães Rosa, Gilberto Freyre, Octavio de Faria, Érico Veríssimo, Pedro Nava e suas memórias, Jorge Amado e a sua obra regional, culminando com o excelente "Tocaia Grande".

Sem querer puxar a brasa para a minha sardinha, no caso para os meus biscoitos: tão importantes como expressão do romance moderno entre nós são também, por exemplo, um Oswaldo França Júnior ou uma Clarice Lispector com os seus. Não se falando nesses dois mestres do biscoito, um na crônica e outro no conto, que vêm a ser Rubem Braga e Dalton Trevisan.

(Tudo considerado, não adianta sofismar — aqui muito entre nós, Guimarães Rosa tinha razão: biscoito pode ser muito gostoso, principalmente ao café pela manhã, mas bem que deve ser glorioso erguer uma pirâmide, para que, do alto, quarenta séculos nos contemplem.)

DESACATO À AUTORIDADE

ELA PAROU O CARRO, abriu a porta para que o filho saltasse e ficou à espera até que o menino transpusesse o portão do colégio. Depois se voltou para o guarda que se aproximava já empunhando o caderninho de multas:
— O senhor vai me multar, seu guarda? Qual a infração que eu cometi?
— É proibido estacionar aqui.
— E quem é que disse que eu estacionei? Estou na direção do carro e o motor continua ligado.
— Se não tá andando, tá parado.
— Mas que descoberta extraordinária! Se não está andando, está parado. E o senhor pode me informar como devo fazer para deixar meu filho no colégio? Faço ele saltar do carro em movimento? Jogo pela janela?
— Olha o desacato à autoridade.
O guarda fez que ia escrever no caderninho e deteve a caneta no ar:
— A não ser que a senhora...
Mas ela estava decidida a não lhe dar um tostão:
— A não ser que eu o quê? — desafiou.
Ele não teve coragem de ir adiante:
— Tá bem, por hoje passa — e fechou o caderninho: — A senhora pode ir embora. Mas da próxima vez sobe na calçada, como aqueles ali, porque senão eu multo.

— Estou entendendo: na calçada pode, na rua não pode.

— Isso mesmo — e o guarda, já se afastando: — Na calçada não atrapaia, nós tolera.

COM ESTE OUTRO guarda o desacato foi mais sério:

Diante do carro estacionado, ele se deteve, ficou olhando.

Alguém se destacou de um grupo que conversava à porta do café:

— Que é que há com o carro, seu guarda?

— Estacionado em local não permitido. Tem de sair daqui.

— Não permitido por quê? O senhor é que vai me permitir: o carro não está atrapalhando o trânsito. E na minha opinião...

— Não está vendo a placa ali no poste?

— Estou.

— Pois então? Diz que é proibido, e acabou-se. Tira o carro daí.

— Eu, tirar daí?

— Se não tirar, sou obrigado a multar.

— Então multe.

O guarda se encrespou, ante tamanha petulância:

— Ah, então multe? Pensei que estava lidando com uma pessoa bem-educada. Pois vai ver só.

Puxou com energia o caderninho do bolso e pôs-se a preencher meticulosamente o talão. Estendeu-o ao outro:

— Toma. Para aprender. Agora não adianta mais protestar. Eu não queria multar, mas o senhor veio com desacato, agora azar: está multado.

— Me desculpe, mas considero essa multa uma arbitrariedade.

— Não quero saber de nada: agora vai ter que pagar.
— Eu não vou ter que pagar coisa nenhuma.
— Olha que se insiste eu mando guinchar o carro.
— Problema seu.

O guarda não esperou mais. Foi ao café telefonar e depois veio se plantar em frente ao carro, mãos na cintura, em desafio:

— Agora quero ver se o problema é meu.

Em pouco chegava o reboque. E o carro foi rebocado à vista dos curiosos que se juntaram. Em pouco desaparecia na esquina, arrastando-se nas rodas traseiras, dependurado pelo radiador. O guarda se voltou com um sorriso de vitória:

— Está vendo no que deu seu desacato? Podíamos ter acertado isso numa boa. Pois agora não só vai ter que pagar a multa como também o reboque. E tem de ir até o depósito, se quiser seu carro de volta.

O outro limitou-se a rir:

— Meu carro? Quem me dera, seu guarda.

Nem bem disse isso, um senhor de idade pedia licença, abrindo caminho e dirigindo-se ao guarda:

— O senhor por acaso sabe o que fizeram com o meu carro, que eu deixei aqui agorinha mesmo, enquanto fui tomar um café?

O CASO DA GELADEIRA

ELE ESTAVA NO CONSULTÓRIO atendendo a um cliente, quando a mulher lhe telefonou novamente para falar da geladeira:

— Eu insisto em saber: para onde você mandou a nossa geladeira?

Deixou escapar um suspiro resignado:

— Escuta, minha filha, estou ocupado, a gente conversa mais tarde, sim?

— Você hoje fica sem jantar.

— Que história é essa?

— Nem ao menos esvaziaram a geladeira: levaram tudo — choramingou ela.

— Que diabo de história é essa, mulher? — estourou ele, afinal: — Não sei de geladeira nenhuma, você está ficando maluca?

Resolveu verificar pessoalmente o que se passava: despediu o cliente, tirou o jaleco, vestiu o paletó, pegou o carro e foi até em casa. A mulher já o esperava na porta:

— Sem geladeira é que eu não fico.

E ela explicou confusamente que ao chegar do cabeleireiro não encontrara a geladeira — em lugar dela, um saco de laranjas.

— De laranjas? — repetiu ele, aparvalhado.

Sim, de laranjas. A empregada havia contado que ele mandara um caminhão trazer o saco de laranjas e pouco depois outro caminhão buscar a geladeira.

— Eu mandei? Um caminhão? Outro caminhão? — ele só fazia repetir sem entender.

— Pensei até que fosse uma surpresa sua: trocar por uma nova.

A geladeira tinha vinte anos de tempo integral mas ainda funcionava.

— Você hoje só come laranja — encerrou a mulher.

Ele pôs a mão na cabeça:

— Roubados! Fomos roubados. Não mandei laranja nenhuma, por que diabo eu haveria de te mandar um saco de laranjas? Isso foi um golpe, roubaram a nossa geladeira.

Chamou a empregada, submeteu-a a um hábil interrogatório. A pobre só sabia dizer que um caminhão trouxera as laranjas, outro levara a geladeira, por ordem do patrão. E estendeu-lhe um pedaço de papel com um número escrito a lápis.

— Que é isto? Telefone? Número do caminhão? — e uma esperança se acendeu em seu olhar. A empregada piscou os olhos, satisfeita:

— Falei para eles não ir levando assim sem declaração, foi então que eles me deram esse recibo.

— Recibo... — resmungou ele, examinando o papel. Voltou-se para a mulher: — Olha só: recibo! E você me deixa essa ameboide mental tomando conta da casa.

— Perder a cabeça não resolve — ponderou ela. — Telefona!

— Telefonar para onde?

— Para esse número aí no papel. Não custa tentar.

Correu a telefonar. Era uma fábrica de pregos.

— Eu queria falar a respeito da minha geladeira. Deixaram no lugar dela um saco de laranjas.

— Não trabalhamos com geladeira. Só com pregos — explicaram do outro lado.

— Quem sabe o caminhão daí da fábrica... Aí não tem caminhão?

— O caminhão da fábrica está no sítio do meu cunhado.

Sítio? Isso talvez explicasse o saco de laranjas. Pediu o telefone do cunhado. Mas este não explicou nada: não plantava laranjas, só criava galinhas.

— E agora? — perguntou a mulher ansiosa.

— Polícia. Não tem outro jeito.

Foi ao distrito dar queixa:

— Deixaram esse número, é a única pista. Tanto pode ser telefone como número do caminhão. O telefone é de uma fábrica de pregos. O dono tem um caminhão. O cunhado do dono tem um sítio, mas não planta laranjas, só galinhas. Me pareceu meio suspeito.

— Só galinhas — agora era o comissário que sacudia a cabeça, estupefato.

Ele regressou desanimado:

— Golpe de mestre. Em plena luz do dia. Ganharam confiança com as laranjas, voltaram para buscar a geladeira. Ficamos sem ela, minha velha.

Na manhã seguinte, porém, a mulher o tirou da cama:

— O vizinho está aí fora, querendo falar com você sobre a geladeira. Tem outro homem com ele.

O vizinho sorria, todo simpaticão:

— Ouvi dizer que levaram sua geladeira.

— Não vejo onde está a graça.

O vizinho explicou: o outro homem era dono de uma casa de geladeiras. Haviam feito um negócio: trocar a geladeira usada por outra nova. Mas não tão usada como a que o caminhão levara — o vendedor viera protestar: um cacareco daqueles! Só então descobriram o equívoco.

— Cacareco ou não, eu quero ela de volta.

— Aproveita e troca por outra — sugeriu a mulher.

— Pois foi isso — continuava o vizinho: — Levaram a sua, por via das dúvidas deixaram com a empregada o número de ordem.

— Tudo bem, mas e o saco de laranjas?

— Outro equívoco — adiantou-se o vizinho, muito amável: — Uma coisa não tem nada a ver com a outra. Meu sogro certa vez me prometeu umas laranjas de sua chácara, devem ser estas. Depois mando buscar.

Naquela mesma tarde, era um cliente que lhe perguntava, no consultório:

— Como é, doutor: gostou das laranjas?

Em pouco a mulher telefonava:

— O vizinho mandou a geladeira e quer levar as laranjas. Que é que eu faço?

Não teve dúvidas: mandou que a mulher desse uma banana para o vizinho.

IRREMEDIAVELMENTE FELIZES

O RAPAZ DEIXOU Belo Horizonte e foi fazer um curso nos Estados Unidos. Anos depois voltou para o Brasil e ei-lo um dia novamente em Belo Horizonte pensando em visitar os parentes e amigos.

Muita coisa havia mudado: a cidade crescera, os amigos se haviam dispersado. À noite, por desfastio, foi a um baile no Automóvel Clube. Como não reconhecesse nenhuma das moças presentes, escolheu meticulosamente a mais bela e atravessou o salão, tirou-a para dançar. A determinação do rapaz e sua boa aparência venceram a pequena relutância da moça, que acabou dispensando a formalidade da apresentação para dançar com ele. Travou-se então o seguinte diálogo:

— Por que você não queria dançar comigo?
— Eu não te conhecia.
— Mas agora conhece.
— Não estamos dançando?
— Sou de boa família, fique descansada.
— Eu estou descansada.
— Minhas intenções são as melhores possíveis.
— Eu calculo...
— Por que a ironia?
— Defesa, talvez.
— Contra mim?

— Contra suas boas intenções...
— O que é que você chama de boas intenções?
— Você é que disse...
— Pois eu vou lhe dizer: boas intenções são as que teria um rapaz como eu, de se casar e constituir família. Não é isso?
— Pode ser. Você tem?
— Tenho. Você quer casar comigo?
— Se uma moça, por exemplo...
— Você não me respondeu: quer casar comigo?
— Deixa de brincadeira, criatura.
— Olha para a minha cara e veja se eu sou homem de brincadeira.
— E se eu levasse a sério?
— Experimente levar. Você é comprometida?
— Não.
— É de estarrecer que não seja. Você é a mais bela desta festa. Em lugar nenhum eu encontraria alguém como você. Pois olha: considere-se comprometida — e acrescentou: — "Antes que algum aventureiro lance mão dela."

Tudo isso durante uma dança. Dançaram mais vezes, celebrando o noivado, e ela levava a brincadeira até o fim, intimamente lisonjeada:

— Esquecemos uma formalidade: você não me pediu em casamento aos meus pais... Mas não tem importância, não é isso mesmo?
— Tem importância sim. Me apresente a seus pais.

Ela vacilou, apreensiva:

— Está bem, vou apresentar, mas olhe: cuidado, hein? Meus pais é que não são de brincadeiras.
— Eu te mostro se estou brincando.

E se bem disse, melhor o fez. Não teve conversa: apresentado aos pais da moça, trocou duas palavras e desfechou:

— O senhor consente que me case com sua filha?

O pai, que de saída simpatizara com ele, teve uma reação inesperada: achou graça.

— Está bem, meu rapaz: vou estudar seu caso com a maior simpatia e consideração. Venha amanhã jantar conosco para conversarmos sobre o assunto.

A moça só faltou desmaiar. E no dia seguinte o rapaz ali firme: compareceu à hora marcada, levando flores para a mãe da moça — assim que teve oportunidade, reiterou ao pai sua proposta:

— O senhor não está levando a sério, mas acredite: eu gostei de sua filha, quero me casar com ela.

— Você mal a conhece — e o pai também já começou a ficar apreensivo.

— Por isso não, que poderia vir a conhecer — interveio a mãe, tentando ainda um tom gracioso.

Mas o rapaz não brincava em serviço:

— É evidente. Aliás, nem quero que o senhor responda agora. Ela já concordou...

— Espera aí — saltou a moça, assustada: — Concordei como?

— Uai — tornou o rapaz, surpreendido: — Você não quer?

— Bem, eu teria de pensar...

Para resumir a conversa: ela ficou de pensar e dar uma resposta ao fim de uma semana. No caso afirmativo, ao fim de dois meses ficariam noivos e casariam logo que pudessem. Casamento se desfaz até na porta da igreja.

Casaram-se três meses depois. Na primeira semana a moça estava apaixonada — e também ele, embora reafirmasse que gostara dela desde o primeiro dia. Vivem juntos até hoje, têm três filhos, estão a caminho do quarto (do quarto filho), e são irremediavelmente felizes.

O ASSASSINATO DE EDGAR POE

É RAMOS EU, O POETINHA e o poetão, num ônibus a caminho do centro da cidade. Assim que entramos, o poetão deu um grito e sacudiu o poetinha pelo braço:
— Olha só quem vai ali!
Era o romancista que, embuçado nas trevas do meio-dia, nos saudava com uma gargalhada sinistra:
— Imagine que hoje vou fazer uma conferência no Instituto Brasil-Estados Unidos — revelou-nos aos berros, dando conhecimento de nossa humilde existência ao ônibus inteiro.
— Está aqui no meu bolso, olhem só.
E tirou do bolso uma maçaroca de papéis:
— Só de pensar já sinto calafrios. Sobre Edgar Poe, imagine.
Ouvimos dentro do ônibus o farfalhar das asas de um corvo.
— Onde é essa conferência? — perguntei.
Resolvemos precipitar de uma vez o romancista no caos de nossa solidariedade moral.
— No Instituto Médico-Legal — respondeu por ele o poetão.
— Never more! Never more! — grasnou o poetinha.
— No Instituto Brasil-Estados Unidos. Se eu tiver coragem para tanto — confessou o romancista.
— Então antes de mais nada vamos tomar um chope.

Saltamos na Galeria Cruzeiro e fomos tomar um chope no Nacional. O romancista passou ao contraponto do Madeira R, logo secundado pelos outros dois. Tive de deixá-los, marcando encontro para mais tarde:

— No Amarelinho, às quatro e meia.

No Amarelinho, fiquei tomando chope sozinho para acertar o passo com eles, enquanto os esperava. Eram mais de seis horas — a conferência estava marcada para as cinco — quando os três afinal apareceram, trazidos aos trancos e barrancos por um desses porres de marcar época. Olha ele ali! — me apontaram, e quase morreram de rir. Saímos os quatro a errar sem rumo pela Praça Marechal Floriano — eu também já não estava lá muito bom das pernas.

— Sabem de uma coisa? — berrou de súbito o romancista: — Que conferência coisa nenhuma. Vamos para Paquetá.

— Isso! Para Paquetá! — confirmou o poetão.

O poetinha protestava:

— De forma alguma! Essa conferência eu não perco de jeito nenhum.

— São mais de seis horas — adverti.

— Então a conferência já acabou! — e o romancista tirou a papelada do bolso, querendo jogá-la aos quatro ventos, no que foi impedido pelo poetão:

— Não, não faça isso. Lá em Paquetá essa conferência vai ser um sucesso.

E em segredo para nós, torcendo a boca, com olhar de vilão:

— Vamos ASSASSINÁ-LO! Em Paquetá, ninguém jamais ficará sabendo.

Acabamos, não sei como, encontrando o rumo do Instituto Brasil-Estados Unidos, que era ali perto, na Rua México. No elevador, nós quatro falávamos ao mesmo tempo, ninguém se entendia. A porta abriu-se e eu, mais que depressa, ganhei a dianteira, para entrar na sala com ar de quem não tinha nada a ver com aquela malta. O poetinha me seguia rente, fazendo o que podia. Atrás dele o poetão, pesado como um elefante e, por último, o romancista.

Dei comigo num salão cheio de gente elegante, fina flor da sociedade e da intelectualidade da época, que me olhava com estranheza, como se já fosse eu o melhor da festa. Eles não sabiam o que vinha ainda pelo corredor, não perdiam por esperar. À mesa, para presidir a sessão que nunca mais se abria, Afrânio Peixoto e outras figuras de nobre estirpe de nosso mundo literário e, possivelmente, diplomático.

Instalei-me o mais discretamente possível, a tempo ainda de ver o esperado conferencista, aos olhos da assistência estarrecida, entrar na sala nada menos que montado a cavalo nas costas do poetão.

E quando o poetão foi depositá-lo na cadeira que lhe cabia à mesa, as calças do conferencista se romperam, deixando de fora o branco da cueca. Estava aberta a sessão.

— Meus senhores! — experimentou o conferencista, tirando a conferência do bolso, mas ficou nisso: logo identificou um e outro conhecido na assistência, pôs-se a dar adeusinhos para eles. E ao nos ver ali firmes, na primeira fila — num impulso de entusiasmo, eu me juntara aos outros dois —, não pôde mais e caiu na gargalhada, nos apontando à execração pública.

— Muito bem! Bravos! Apoiado! — gritou então o poetão, sem que ele tivesse dito ainda uma palavra.

Como se apenas aguardasse aquele sinal para começar, o conferencista, sem se levantar, disparou a ler o seu trabalho, assassinando Edgar Poe, numa voz cada vez mais cavernosa, saltando linhas, catando palavras aqui e ali. Arriado na cadeira, deixou pender a cabeça — seus olhos iam-se fechando, a voz sumia, a face já repousava sobre o papel. Quando demos pela coisa, o conferencista, depois de um vastíssimo bocejo, havia simplesmente adormecido.

Silêncio geral, todo mundo aguardando que ele acordasse para prosseguir. O poeta Ledo Ivo, até então abismado entre os assistentes, pôs-se a rir desenfreadamente, comunicando um frouxo de riso aos demais.

Em pouco ninguém se aguentava de tanto rir. Alguns ensaiavam um protesto, outros ameaçavam deixar o salão, mas não havia passagem, a confusão era geral. O conferencista, a certa altura — durma-se com um barulho desses! —, despertado pela balbúrdia reinante, fez um gesto pedindo silêncio, e todo mundo se calou, na expectativa. Então ele soltou um arrotinho discreto, uma risadinha, e voltou a dormir.

O presidente da mesa já se erguia para dar por finda aquela palhaçada — depois que um magricela de óculos, tendo se apossado da palavra, recitara uns versos de Poe, para redobrar a gargalhada geral. Afrânio Peixoto dizia que nós, escritores, éramos as flores da sociedade, e já o poetão desfechava um "não apoiado!" que sacudiu até as paredes do edifício. E o orador arrematou: umas flores serviam para enfeitar, outras eram exóticas, como por exemplo o poeta Edgar Poe, e o próprio romancista ali dormindo a sono solto — no que o poetinha protestou, com um "não apoiado!" mais forte ainda. E outros não eram flores nem nada, retrucou o presidente da mesa nos fuzilando com o olhar, mas simplesmente grosseiros e mal-educados. Tivemos desta vez de concordar com ele, e suas últimas palavras foram saudadas com uma saraivada de palmas e gritos. Não éramos agora só nós: todo mundo falava, gritava e ria ao mesmo tempo — instalara-se o pandemônio, descera o Leviatã.

Missão cumprida, fomos acordar o conferencista para cair fora, antes que fosse tarde. Tudo fazia crer que estava definitivamente encerrada a sessão.

(Em tempo: qualquer semelhança do romancista, do poetinha e do poetão respectivamente com Lúcio Cardoso, Vinicius de Moraes e Hélio Pellegrino não será mera coincidência.)

EM LOUVOR DA MINHA RUA

A TÉ HOJE NÃO ME FOI POSSÍVEL saber se a minha rua pertence à jurisdição de Copacabana ou de Ipanema. Ficando ela entre um e outro bairro, Copanema ou Ipacabana — acho que seus moradores podem optar pelo de sua preferência.

De minha parte, não me valerei dessa imprecisão topográfica: considero-me residente em bairro de apenas uma via pública, com características próprias e costumes peculiares.

É rua de um só quarteirão, que ninguém, além dos próprios moradores, sabe onde fica, e poucos sabem quem foi este Canning que lhe deu o nome. Mas é, por sua vez, o que dá aos que nela habitam, quando declinam seu endereço, certo tom de elegância britânica. Trata-se de rua muito distinta, dada a sua preciosa função, que é a de estabelecer ligação entre Rainha Elizabeth e Visconde de Pirajá. Canning vem a ser, pois, uma espécie de "go between" de uma rainha e um visconde.

George Canning foi um primeiro-ministro inglês no século passado, a quem o Brasil deve uma decisiva atuação, no sentido de fazer com que Portugal reconhecesse a nossa independência. Pelo menos isto fiquei sabendo sobre ele, motivo bastante para reverenciá-lo, como morador desde 1954 (com alguns casamentos de permeio) da rua que tem seu nome.

Quando vim morar na Rua Canning, em 1954, nela não havia senão residências; hoje quase só há edifícios de apartamentos. Recentemente foi demolida uma das duas últimas casas para dar lugar a mais um prédio em frente ao meu. Em compensação, uma vila aqui ao lado se alastra em várias ruazinhas pelo interior do quarteirão, como um pequeno fragmento do Quartier Latin em pleno Rio. Ela me assegura uma vista da janela de meu pequeno apartamento de fundos, com algumas árvores e incursão matinal de passarinhos.

No dia em que aqui cheguei, carregando malas, caixas de livros e demais petrechos, alguém mais estava de mudança para cá, em virtude também do final de um casamento. No primeiro encontro pude apenas admirar a estranha beleza daquela mulher de "short" no elevador de serviço (lembro-me que ela carregava consigo uma raquete de tênis e uma garrafa de conhaque francês). E depois... Bem, quando nos tornamos amigos, por assim dizer, fiquei sabendo que era de origem tcheca, havia sido guerrilheira durante a invasão alemã, estava com 27 anos e tinha uma filha de sete. Conto tudo isso apenas para chegar a mais uma dessas coincidências que se tornaram usuais em meu dia a dia, especialmente na Rua Canning: vinte anos depois, tendo desde então perdido de vista minha linda vizinha, quando ao fim de outro casamento voltei a morar na Rua Canning, logo no primeiro dia dou com a mesma linda mulher, no mesmo elevador, como se o tempo não houvesse passado. Só não estava de "short" nem com garrafa de conhaque ou raquete de tênis nas mãos. Refeito do choque, pude entender que se tratava simplesmente da filha, já com 27 anos, em visita a alguém no prédio.

Quanto à sua mãe — Deus seja louvado! —, nunca mais tornei a ver.

HÁ ALGUM TEMPO a rua ganhou uma instituição de finalidade no mínimo duvidosa: uma sauna. A dúvida tinha a sua razão de ser: com o advento da Aids (que poderia incluir num grupo de risco a maioria dos frequentadores), os donos declararam candidamente aos jornais que se dedicavam apenas à prostituição feminina, "por ser mais segura".

Havia um barzinho com caveira de burro ali na esquina, que sempre abriu e fechou sob diferentes nomes, rebatizado de "Saideira", para funcionar 24 horas por dia: de tarde para os coroas, de noite para os jovens, de madrugada para os bêbados. Pela manhã, ao iniciar minha caminhada, costumava ver esses últimos já entupidos de chope em torno à mesa, dizendo com voz empastada aquelas mesmas besteiras que nos parecem interessantíssimas quando estamos em seu lugar.

Esta rua tem, entre outros, o mérito de abrigar, num apartamento ali da outra esquina, o casal de escritores meus amigos Sábato Magaldi e Edla van Steen, em suas vindas ao Rio, mais raras do que eu gostaria.

Na casa aqui ao lado funcionava antes um ruidoso clube de bridge que ameaçava nossa paz — conforme protestei numa crônica (*A Paz na Rua Canning*, em "A Mulher do Vizinho"). Em seu lugar, passei a contar com o Instituto de Cardiologia, para qualquer emergência. Muito embora, nas emergências do coração, preferisse o Saideira, se já não houvesse fechado. (É provável que abram ali um novo bar, apropriadamente chamado "Urucubaca").

VÃO SE MULTIPLICANDO pela cidade as associações de amigos. Cada bairro que se preza tem a sua. A primeira, se não me engano, foi a dos Amigos do Leme. Depois surgiram os Amigos de Copacabana, de Ipanema, da Lagoa, do Leblon, para ficar só na Zona Sul — todas com siglas amáveis como AMAI, entre outras. Juntaram-se então às demais espalhadas pelo Rio, fundando um organismo geral, encarregado da coordenação e do controle de todas elas.

Ou muito me engano, ou o que esse pessoal na realidade está fundando é a Prefeitura do Município do Rio de Janeiro.

Não sei em que se tornarão essas associações dos amigos de tudo quanto é bairro. Em todo caso, espero que continuem a exercer o seu papel, dentro da finalidade para a qual nasceram, que é a defesa dos interesses da comunidade. Que deem enfim origem a uma sociedade mais justa, inspirada num espírito realmente comunitário.

E Canning em tudo isso? Quando é que vai chegar a hora da minha rua? Parece que venho a ser seu único amigo (pelo menos esta não é a primeira vez que escrevo sobre ela, e não creio que outro morador já o tenha feito). Assim sendo, vou tratando logo de fundar a associação que lhe diz respeito, e colocando a coroa na minha cabeça, antes que algum aventureiro lance mão dela.

Como único sócio — condição fundamental da minha investidura —, acumulo as funções de diretor, secretário, tesoureiro e, naturalmente, de único beneficiado — tendo como objetivo primordial o de descobrir o que fazer comigo. Não impedirei, todavia, que os demais moradores gozem dos benefícios que decorrerem de minha gestão.

Pois aqui estou, disposto a defender os interesses da Rua Canning que me dizem respeito. Admito que não são muitos, mas nem por isso menos graves. Consistem fundamentalmente em manter uma sadia serenidade de munícipe, face às dificuldades de estacionamento, depois que a rua se transformou numa imensa garagem. E a esclarecer de uma vez por todas que Canning se escreve com dois N. No mais, a continuar morando sozinho nesta rua, em boa paz com os vizinhos e com a minha consciência.

O que, por estranho que pareça, vem a ser o mesmo anseio que eu teria noutra rua qualquer.

NO FIM DÁ CERTO

AINDA BEM QUE JÁ NÃO se fala no malfadado livro "A Lei de Murphy e Outros Motivos Por Que Tudo Dá Errado". É uma lei segundo a qual, por exemplo, seja qual for a fila em que você estiver, a outra andará mais rápido; todo arame cortado no tamanho indicado será curto demais; toda entrega de mercadoria que normalmente levaria um dia, levará cinco quando dependemos dela; todo telefonema importante vem no momento exato (ou pior, um minuto depois) em que o interessado se sentou no vaso sanitário.

Quanto a este exemplo escatológico de incidência da famigerada lei, entretanto, o advento do telefone sem fio, podendo ser levado para o banheiro, representou uma forma segura de neutralizá-la.

De minha parte, poderia mencionar outras instâncias em que prevalece a Lei de Murphy, nos inconvenientes que somos forçados a enfrentar ao longo do dia — e principalmente da noite. Houve uma época em que eu acreditava seriamente haver o demônio designado um de seus menos categorizados capetas do inferno, verdadeiro fichinha das maquinações diabólicas, para ficar aqui pela terra mesmo, incumbido da mesquinha missão de nos infernizar a vida em pequenos acidentes cotidianos: seria ele o inventor do famoso ferrinho de dentista. É quem nos faz pisar em cocô de cachorro, ser atingido por um perdigoto e ter de continuar a conversa como se nada houvesse acontecido, responder a um cumprimento dirigido a alguém atrás de nós, dar aquele ridículo pulinho no meio da rua ao ouvir uma buzinada às nossas costas, ou aquela patada no chão ao fim da escada pensando ainda haver um degrau, encontrar um fio de cabelo na sopa em jantar de cerimônia, despencar de cabeça no abismo das gafes imperdoáveis, enfim: expor-nos diariamente a pequeninos tormentos diabólicos. Mas resolvi mandar o diabo ao diabo, e desmoralizar seus enredos infernais.

Agora volta ele, encarnado nesse Murphy e sua lei abominável.

Pois me disponho a enfrentá-lo, lançando os fundamentos da Lei Anti Murphy, cujos corolários serão por mim oportunamente enunciados. Por ora me limito a colher inspiração em fonte mais que judiciosa, qual seja a que emanava da sabedoria de meu pai, cujos oito baixos sempre respeitei. São os princípios otimistas da Lei de Seu Domingos que não me canso de enaltecer (*Como Dizia Meu Pai*, em "A Volta Por Cima"), e que aqui enumero, devidamente resumidos:

1. As coisas são como são e não como deviam ser — e muito menos como gostaríamos que elas fossem.
2. O que não tem solução, solucionado está — não adianta gastar boa vela com mau defunto.
3. Se quiser que alguma coisa mude, e não puder fazer nada, espere, que ela mudará por si.
4. Toda mudança é para melhor: se mudou, é porque não deu certo.

5. Mais vale passar por um apertinho agora que por um apertão o resto da vida.
6. Antes de entrar, veja por onde vai sair.
7. Faça somente o que gosta. Para isso, passe a gostar do que faz.
8. Trate os outros como gostaria de ser tratado.
9. Não se deve aumentar a aflição dos aflitos.
10. A única forma de resolver um problema nosso é resolver *primeiro* o do outro.

Os dois últimos princípios decorrem daquela sábia observação de Carlos Drummond, no filme que fiz sobre ele, e que até parece inspirada por meu pai: não exigir das pessoas mais do que elas podem dar. Eu acrescentaria o que resolvi assumir a partir de hoje: todo mundo tem seu lado bom, ainda que pequenino; descobrir o de cada um com quem temos de conviver e não sair dele.

Seu Domingos jamais se deixaria levar por esse murphysmo nefando que tenta se impor em nossos dias. Sem saber, enunciava a fórmula capaz de exterminá-lo, quando dizia, de maneira ponderada e categórica, ensinando-me a ter paciência:

— Meu filho, tudo neste mundo no fim dá certo. Se não deu, é porque ainda não chegou ao fim.

A INOCÊNCIA DO MENINO

Já vai longe o tempo em que Machado de Assis perguntava, nostálgico:

"Mudaria o Natal ou mudei eu?"

Hoje, este homem a quem Papai Noel presenteou um dia com um velocípede também tenta relembrar "na noite antiga a viva dança, a lépida cantiga".

Mas que cantiga é essa? "Uma canção sobre um berço / Um verso talvez de amor / Uma prece por quem se vai", diz Vinicius de Moraes em seu "Poema de Natal":

"De repente nunca mais esperaremos...
Hoje a noite é jovem: da morte, apenas
Nascemos, imensamente."

Os perdidos natais da minha infância. O presépio, desenterrado de um velho baú, na forma de figuras de barro a que faltavam a cada ano um pé, um braço ou a própria cabeça. E que íamos dispondo, alvoroçados, sobre o papel salpicado de pó de pedra, a imitar uma gruta cavada na rocha, em torno da manjedoura. O Menino Jesus era um pouco grande para o seu berço de feno, mas que importância tinha? Dependurado num barbante, o cometa com a cauda de papel iridescente que indicava o caminho aos reis magos, o boizinho que sacudia a cabeça, o anjo de louça, o espelho se fazendo de lago com patinhos de celuloide. O anacronismo de outras peças que íamos acrescentando, até mesmo soldadinhos de chumbo...

E a árvore de Natal armada na sala, imponente, feérica, fulgurante.

A festa em família cada ano renovada, adultos e crianças em torno à mesa farta. Castanhas comidas ao pé do fogão de lenha. Nozes e avelãs quebradas no batente das portas, sob bem-humorados protestos de meu pai. Os mais velhos saindo para a Missa do Galo. Só eles tinham o direito de participar desse misterioso acontecimento além dos limites do sono. E nós meninos tentando em vão manter os olhos bem abertos, na esperança de surpreender Papai Noel. Que existia mesmo! Quando todos dormiam, descia pela chaminé, depois da longa viagem no seu trenó através das nuvens, carregando um saco com os brinquedos que havíamos pedido, para deixá-los em nossos sapatos, ao lado da cama. Pois o esperto velhinho, com suas barbas de algodão, temeroso de nossa vigília, acabava despejando o saco de brinquedos na sala de visitas e escapulindo pela porta da cozinha.

Um dia alguém mais velho me apontaria com o dedo, a rir:

— Olha o bobo, ainda acredita em Papai Noel.

E minha mãe balançaria a cabeça em benevolente repriменda, sussurrando não tão baixo que eu não escutasse:

— Não fale assim com ele. Não tire a inocência do menino.

Pois é isso: tiraram a inocência do menino.

RELEMBRAR O QUÊ? — pergunta ele agora, dentro da amplidão desta noite em que nenhuma estrela anuncia o Nascimento. Melhor falar de festas — nos clubes e nas boates já se reservam mesas para as celebrações de fim de ano. Todos sairão à rua para se divertir, fazer compras, celebrar e esquecer.

Em casa ficará apenas um menino que os ruídos da noite e nenhum canto de galo jamais acordarão.

Mas ao olhar pela janela, vejo na escuridão do céu uma estrela tímida, pequeno ponto de luz e de esperança. Então me recolho, feliz. Papai Noel vai chegar. O Menino acaba de nascer. Deus é uma criança.

ALGUÉM QUE NÃO conheço me envia um cartão: "Feliz Natal", diz apenas, em letras impressas.

O espírito de um feliz Natal me envolve, e passo a estimar o remetente como a um amigo: que ele também tenha um Natal feliz.

Nesta semana que passou, uma jovem amiga, em simpática entrevista para um jornal, me perguntou se existe um segredo de se fazer estimado. Houvesse em mim razão que justificasse tão desvanecedora pergunta, eu diria que não há segredo algum: basta estimar os outros. E assim seremos felizes.

Pois sejamos felizes. Seja feliz, estimado leitor, meu amigo, meu irmão. E, como eu, continue acreditando em Papai Noel.

Este livro foi composto na tipologia Minion, em
corpo 11,5/16, e impresso em papel off-white no
Sistema Cameron da Divisão Gráfica
da Distribuidora Record.